삶의 아름다운
장면 하나

삶의 아름다운 장면 하나

초판 1쇄   2012년 4월 2일
초판 3쇄   2013년 9월 16일
지은이   용혜원
펴낸이   김영재
펴낸곳   책만드는집

주소   서울 마포구 합정동 428-49번지 4층 (121-887)
전화   3142-1585·6
팩스   336-8908
전자우편   chaekjip@naver.com
출판등록   1994년 1월 13일 제10-927호
ⓒ 용혜원, 2012

ISBN 978-89-7944-390-5 (03810)

이 도서의 국립중앙도서관 출판시도서목록(CIP)은 e-CIP
홈페이지(http : ///www.nl.go.kr/cip.php)에서 이용하실 수 있습니다.
(CIP제어번호 : CIP2012001221)

삶의 아름다운 장면 하나

용혜원의 시가 있는 풍경

책만드는집

시를 쓴다는 것은

시를 쓴다는 것은 시인의 생생한 목소리를
가슴 시리도록 쏟아놓는 것이다.
살아감 속에 아픔과 고통과 사랑을
살아 있는 언어로 표현하는 것이다.
시인이 보고, 가슴으로 느끼고,
상상한 것을 언어의 그림으로 표현하는 것이다.
시인은 일생 동안 시를 써 내리며
언어로 세상에 길을 만든다.
시를 쓴다는 것은 시인의 가슴에서
쑥쑥 돋아나는 언어로 표현하는 것이다.
절망과 시련의 능선을 넘어 꿈과 희망을 노래하는 것이다.
시의 잎마다 꽃 피우고 열매를 맺게 하는 것이다.
시인의 눈물과 시련과 웃음과 행복을
시인의 고통과 절망과 아픔을
영혼을 불살라 간절한 마음을 펄펄 살아 움직이는

언어로 표현하는 것이다.
오늘도 시인의 가슴에 햇살이 가득해 시가 싹튼다.
오늘도 비라는 시가 온 세상에 쏟아져 내려
세상을 흠뻑 적셔준다.
시인은 시를 써야 한다.
시인은 세상의 모든 것을 시로 승화시켜야 한다.

—2012년 2월

용혜원

01

삶은 자신을 찾아 떠나는 여행

삶은 한 권의 책이다. 어떤 사람은 소설, 어떤 사람은 수필, 어떤 사람은 한 편의 시가 된다. 삶이 책이라면 읽히는 책이 되어야 한다. 누가 읽어도 좋을 책이 되어야 한다. 날마다 정겹게 살며 늘 기억하고 싶은 즐거운 날이 되어야 한다. 삶이라는 책은 단 한 번밖에 쓸 수 없다. 다시는 반복하여 쓸 수 없고, 절대로 지나간 것을 후회하며 지우거나 고칠 수 없다. 삶의 마지막은 누구에게나 공평하게 찾아온다. 흘러간 시간은 되돌릴 수 없다. 삶은 소중하고 가치 있는 것이다. 기나긴 세월 동안 후회만 남기지 말고 목표를 정해 혼신을 다해 살아야 한다. 삶을 즐거워하며 기쁨을 누리고 살아야 한다. 삶 속에 시인은 마음껏 느끼고 표현하고 공감해야 한다. 아무리 가까운 사이라도 서로 소통하지 않으면 공감할 수 없다.

나의 서재에는 만 권 이상의 시집이 있다. 날마다 시집을 읽으며 글자 속으로 여행을 떠났다 돌아온다. 날마다 시 속에서 살고, 시 속에서 다양한 시인을 만난다. 수많은 시인의 시를 읽고 감동한다. '이 시인은 어떻게 이런 시를 썼을까?', '이 시인은 어떻게 이렇게 멋진 표현을 할 수 있을까?', '이 시를 쓸 때는 어떤 연상을 했을까?', '이 시는 어디에서 어떤 마음으로 썼을까?'라며 시인의 마음이 되어 생각해볼 때가 많다. 때로는 시를 읽다가 공감하고 기뻐한다. 수많은 시인에게 감사하고 아낌없는 찬사를 보낸다. 시인은 누구나 자기만의 시 세계를 만든다. 시인은 독특한 자신만의 개성을 갖고 시를 쓴다.

시인들이 없다면 시가 없는 세상이 된다. 시가 없는 세상은 상상만 해도 삭막하다. 시인들의 노래는 오늘도 전 세계인의 가슴속을 파고들어 살아서 움직인다. 시는 사랑을 일깨워 주고 마음을 보듬어준다. 사랑을 나누게 하고 사람들의 가슴을 따뜻하게 하고 희망을 준다. 어느 나라 어느 시대의 남녀노소를 막론하고 감성이 살아 움직이는 사람들이 시를 사랑한다. 시는 생명의 언어이며, 살아 움직이는 행동의 언어다. 가슴에 시를 담고 좋아하며 한 편 두 편 어디서나 낭송할 수 있다면 낭만적인 삶을 살고 있는 것이다.

그동안 수많은 시집을 읽었다. 어떤 시인의 시 전집은 수십 번을 읽었다. 시를 반복하여 읽을 때마다 전에는 느끼지 못한 새로움을 느낄 때가 많다. 국내 시나 외국 시를 감상하거나 낭독할 때 쉽게 다가오는 시가 공감할 수 있고 감동을 준다. 시를 찾고 만나는 여행은 수없이 반복되어도 즐겁다. 시를 읽고 쓰는 여행은 날마다 나를 찾아 떠나는 여행이다. 내가 알지 못하고 연상하지 못하고 생각하지 못했던 것을 시로 선물해준 시인들에게 늘 감사한다. 시인이 없었다면 어떻게 이런 감정을 알 수 있을까? 정말 감사하고 고마운 일이다. 시인들의 세계는 무한하고 자유롭다. 하루 중에 즐거운 시간은 시를 생각하고 시를 쓰는 시간이다.

단 한 번 허락된 삶은 너무나 소중하다. 봄이면 미친 듯이 꽃이 피어난다. 나도 "꽃 피고 싶다! 꽃 피고 싶다!"를 한없이 외치며 활짝 피어나고 싶다. 세월은 뒤돌아볼 순간도 없이 쏘아놓은 화살처럼 너무나 빨리 흘러가 버린다. 살아 움직이는 것들은 마음껏 표현하고 성장한다. 아무리 좋은 품종의 씨앗이라도 보관소에 있으면 소용이 없다. 씨앗은 땅에 심어져 자라고 열매를 맺어야 한다. 시인이 시를 마음에 담고만 있고 표현하지 않는다면 아무런 가치가 없다. 시는 옥토에 떨어진 좋은 씨앗처럼 열매를 잘 맺어 독자들의 마음에 성큼성큼 다가가야 한다. '삶'이란 단어는 '사람'이란 말이 줄어서 생긴 것이다. 동물과 자연이 살아가는 것을 삶이라 하지 않는다. 동물과 자연의 삶은 생태라고 한다. 사람들이 살 수 있는 것이 삶이다. 이 축복된 삶을 행복하고 아름답게 살아야 한다. 사람들은 항상 새로운 것을 발견하고 추구하고 싶어 한다. 늘 새로운 것을 생각해내고, 항상 배우며 살고 싶어 한다. 내일을 살아가기 위한 방법이다. 희망하는 것이 아무것도 없고, 배움에 열정이 없는 사람은 내일이 좋은 결과를 가져다주지 않는다. 시인이 살아가면서 느낄 수 있는 모든 것을 써내는 것이 시다. 시인의 피는 뜨겁다. 시인의 삶은 열정적이다. 시인은 늘 겸허하게 하늘과 땅과 자연에서 배우고 받아들이며 산다. 지금 이 시간은 지나가면 다시는 돌아오지 않는다.

우리 살아가는 날 동안
눈물이 핑 돌 정도로
감동스러운 일들이
많았으면 좋겠다

우리 살아가는 날 동안
가슴이 뭉클할 일들이
많았으면 좋겠다

우리 살아가는 날 동안
서로 얼싸안고
기뻐할 일들이

많았으면 좋겠다

너와 나 그리고
우리 모두에게
온 세상을 아름답게 할 일들이
많았으면 정말 좋겠다

우리 살아가는 날 동안에
– 「우리 살아가는 날 동안」

삶을 사랑하는 사람이 아름다운 날들을 만든다. 혼란스럽게 얽매인
것들도 마음을 굳게 다지면 쉽게 벗어날 수 있다. 힘들고 무거운 삶의
무게를 가볍게 할 수 있다. 아우구스티누스는 "사랑이 어떻게 생겼을
까? 사랑은 남을 돕는 손을 가졌으며, 가난한 자와 곤궁한 자에게 재빨
리 달려가는 발을 가졌으며, 비극에 처한 자를 알아보는 눈을 가졌으
며, 사람들의 한숨과 슬픔을 경청하는 귀를 가졌다"라고 말했다. 줄리
아 로버츠는 "사랑이란 온 우주가 단 한 사람으로 좁혀지는 기적이다"
라고 말했다. 삶을 사랑할 때 아름답게 펼쳐나갈 수 있는 힘이 생긴다.
아프리카의 희망의 성자인 고 이태석 신부가 "나는 세상에서 가장 행
복한 사람"이라고 말했다. 남을 위해 일하는 사람들은 행복의 진가를
알고 나누는 삶을 산다. 행복한 사람들은 어려운 이웃을 돕고 나누며
삶 속에 아름다운 장면을 만들어간다.
　문득 생각날 때 다시 돌아가 보고 싶은 추억을 만들어야 한다. 삶을
아름답게 살아가는 것은 기쁨이다. 아름다운 삶은 자신과 주변 사람들
까지 행복하게 만든다. 착하고 선하게 순수하고 명랑하게 살아야 한

다. 우연히 만나도 기억 속에만 남아 있어도 여운이 남도록 살아야 한
다. 오늘도 삶 속에 아름다운 장면들을 만들어야 한다.

그대에게
기억하고 싶고
소중하게 간직하고 싶고
누구에게나 말하고 싶은

삶의 아름다운 장면
하나 있습니까

그 그리움 때문에
삶을 더 아름답게 살아가고 싶은
용기가 나고 힘이 생기는
삶의 아름다운 장면 하나

　　　　　- 「삶의 아름다운 장면 하나」

삶은 자신을 찾아 떠나는 여행이다. 삶의 의미를 안다면 남에게 악
하게 굴거나 비겁하게 괴롭히지 않을 것이다. 헛된 욕망의 노예가 되
어 욕심에 이끌려 살지 않을 것이다. 진실하지 못한 자들의 노후는 대
체로 외롭다. 행복한 사람들은 노후에도 따뜻하고 행복하게 산다. 진
실하고 정직한 사람들은 불평과 비난만 일삼거나 비판하고 모욕하고
질시하고 음모를 꾸미지 않는다. 진실하게 정정당당하게 살아도 삶이
너무나 짧다. 욕망에 끌려 사는 사람들은 나이가 들어갈수록 늘어나는
것은 후회뿐일 것이다. 남을 배려해주고 인정해주는 사람들의 삶은 아

름답다. 자신의 일에 최선을 다하는 사람들은 남을 비난하거나 욕할 시간이 없다. 삶은 살수록 너무나 짧디짧은 여행이다.

뜨겁게 열정을 불태우며 살아야 한다. 열정이 있다면 삶의 시간을 헛되게 소비하지 않을 것이다. 삶이란 얼마나 소중한 시간인가. 단 한 번 초대받은 삶이다. 이 소중한 시간을 의미 있게 살아가기 위해 여행을 떠나야 한다. 때로는 생활에서 한발 떨어져서 관조해봐야 한다. 새로운 자연과 환경을 만나 기분을 전환하고 감성의 변화를 일으켜야 한다. 삶이 답답하고 지루하고 변화가 없을 때 여행을 떠나고 싶다. 여행을 떠나면 낯선 곳에서 낯선 사람들과의 만남 속에 보고 느끼는 것이 새롭다. 여행은 삶에 여유와 활력을 불어넣어 준다. 여행을 준비하고 나서는 사람의 표정은 한없이 밝다. 설렘과 기대가 가득해 행복한 웃음을 짓는다. 여행은 시간을 잊게 해준다. 일에서 떠나는 자유를 누리게 해준다. 삶에 휴식의 공간을 만든다. 조정민 목사는 『사람이 선물이다』에서 "쉼은 멈춤이고, 쉼은 내려놓음이며, 쉼은 나눔이다. 기계는 쉬지 않는 것이 능력이고 사람은 쉴 줄 아는 것이 능력이다"라고 말했다.

여행을 떠날 때 기차를 타거나, 버스를 타거나, 비행기를 타거나, 자전거를 타거나, 걷거나, 모든 움직임에 따라 분위기가 다르다. 여행할 때 먹는 음식도 마찬가지다. 여행하는 나라, 도시, 지역에 따라 다르다. 맛깔나고 보기도 좋은 음식을 맛있게 먹을 때면 '역시 여행이 좋구나' 하는 생각을 한다. 창밖으로 보이는 산과 강, 아주 오래된 건물과 풍경과 들판이 눈앞에 다가온다. 여행을 통해 만나는 모든 것이 새롭게 느껴진다. 여행은 그만큼 호기심을 자극한다.

여행 중에 한 잔의 커피와 차를 마시며 명상에 잠겨보아도 좋다. 사랑하는 사람과 사랑할 시간을 갖는다. 늘 분주했던 삶에서 멀리 떨어져서 여행을 떠나면 힘들고 고단했던 삶도 그리워지고 참 잘 살아왔다는 생각이 든다. 그래서 사람들은 훌쩍 여행을 떠나나 보다. 여행을 통해 삶의 목적을 발견한다. 삶의 의미를 가슴 가까이 느낀다. 릭 워렌은 "삶의 목적이란 우리 개인의 성취감, 마음의 평안과 행복감 이상의 것이며 가족과 직업 그리고 우리의 가장 큰 꿈과 야망보다 훨씬 더 큰 것이다"라고 말했다.

아무런 준비도 없이, 목적도 없이 떠나는 여행도 있고 갈 곳과 목적을 정해놓고 떠나는 여행도 있다. 음악을 찾아서 떠나는 여행, 문학을 찾아서 떠나는 여행, 유적지를 찾아서 떠나는 여행, 휴양지를 찾아 떠나는 여행, 자연과 풍광을 만나는 여행, 스포츠를 즐기는 여행 등 각각 다르다. 아무런 부담 없이 떠나는 단 하루 동안의 여행도 좋다. 가방을 메고 며칠 동안 떠나보는 테마 여행도 좋다. 한 보따리 싸 들고 한 계절 동안, 그간 머물던 자리를 텅 비워놓고 떠나는 여행도 좋다. 인생은 삶이라는 보따리를 풀어가는 짧고 짧은 여행이다. 시인은 여행을 통해 만난 것들을 언어를 통해 시로 그림을 그린다. 시는 그림이 그려지는 언어다. 살아서 움직이는 리듬감이 있는 언어다.

여행을 떠나려면 평소에 가고 싶었던 곳이나 계획했던 곳을 하나씩 되새겨보아라. 늘 반복되고 지루함이 가득했던 일상에서 떠나라. 자신 속에 숨겨진 모습을 만나는 시간을 가지면 행복해진다. 여행을 시작하면 기대감이 가득해진다. 새로운 풍경, 새로운 거리, 새로운 사람들, 새로운 음식이 기쁨을 준다. 늘 시달리고 고달프고 힘든 삶일지라도 좀 떨어져서 보면 도리어 그리워지고 애틋해진다. 즐거운 여행을 끝내고 다시 집으로 돌아갈 때면 삶에 생기가 돌고 애착을 느끼게 된다. "이제 집으로 돌아가고 싶다!"라는 말이 입에서 절로 나온다. 여행을 하면 삶의 폭이 넓어지고 관대해진다. 여행은 가고 싶은 곳을 찾아 떠날 때 가슴이 설레고, 갔던 곳을 다시 찾을 때는 반가운 친구를 만난 듯 정겹다.

생활이 답답하다 생각될 때는 여행을 떠나라. "나중에 병원에 갈 돈으로 여행을 떠나라"라는 말이 있다. 사람에게는 그만큼 휴식이 필요하다는 것이다. 여행에는 목적이 있다. 방랑은 목적 없이 떠나는 것이다. 여행은 다시 돌아오기 위해 떠나는 것이고 방랑은 갈 길을 몰라 방황하는 것이다. 여행의 목적은 분명해야 한다.

누구나 한 번쯤은 어디론가 여행을 떠나고 싶을 것이다. 기억에 남고 오랫동안 추억해도 좋을 여행을 원한다. 삶도 마찬가지다. 늘 생각하고 기억해도 좋을 삶을 만들자. 여행은 혼자 하는 것이 아니다. 홀로 떠나도 주변에는 많은 동행자가 있다. 삶도 어울림과 조화 속에서 아름답게 가꿔야 한다. 여행은 늘 아름다운 추억을 가슴속에 남긴다. 마음속 사진관에 언제 꺼내 보아도 좋을 아름다운 사진 몇 장쯤은 있어야 외롭지 않다. 세월이 흘러가도 언제나 즐거웠던 추억을 만날 수 있다면 삶이 풍성해진다. 나이가 들어가면서 사람들은 추억을 먹고 산다. 인생이란 나그네 길의 길목마다 추억을 만든다.

추억 하나쯤은
꼬깃꼬깃 접어서
마음속에 넣어둘 걸 그랬다

살다가 문득 생각이 나면
꾹꾹 눌러 참고 있던 것들을
살짝 다시 꺼내보고 풀어보고 싶다

목매달고 애원했던 것들도
세월이 지나가면

뭐 그리 대단한 것도 아니다

끊어지고 이어지고
이어지고 끊어지는 것이
인연인가 보다

잊어보려고
말끔히 지워버렸는데
왜 다시 이어놓고 싶을까

그리움 탓에 서먹서먹하고
앙상해져 버린 마음
다시 따뜻하게 안아주고 싶다
　　- 「추억 하나쯤은」

추억은 마음 한 곳에 꽂히는 풍경이다. 단양에 강의하러 가는 길이었다. 옆자리에 한 할아버지가 앉으셔서 열심히 지도를 살펴보고 있었다. 궁금해서 "할아버지 어디 가세요?"라고 물었다. 할아버지는 빙그레 웃으시면서 할머니와 함께 휴가를 내서 며칠 동안 특별히 정해진 곳 없이 여행하는 중이라고 했다. 두 분의 모습이 참 보기 좋았다. 아름다운 황혼의 삶을 살고 있는 것을 느꼈다. 칠순이 다 되어 보이는 노부부가 떠나는 황혼 여행이다. 모두들 분주하게 정신없이 살아가고 있는데 두 분은 삶의 여유를 보여주었다. "할아버지 참 좋으시겠어요!" 했더니 할아버지는 웃으시며 "그럼요!" 하고 말했다. 그러곤 잠들어 계시는 할머니를 쳐다보셨다. 나중에 아내와 함께 황혼 여행을 떠나야겠다. 조금만 더 생각하면 삶을 아름답게 살아갈 수 있다. 분주하고 복잡다단한 오늘을 살아가려면 마음에 여유가 필요하다. 삶 가운데 짬을 내어 늘 가고 싶고 기대되는 곳을 향해 떠나는 것이다. 여행하는 동안 묶여 있던 마음을 풀어놓아야 한다. 여행은 기쁜 마음으로 생활하게 만든다.

웨인 다이어는 여행을 떠나는 사람들에게 "마음의 눈을 뜨고 길에서 만나는 모든 것을 맛보라. 당신의 행복을 성공으로 평가하지 말고 인생이라는 여행 전반을 즐겨라. 행복 그 자체가 길이다"라고 말했다. 사랑하는 사람과 동행하는 시간은 행복하다. 여행은 삶 속에 가장 아름답게 남아 있을 추억을 만드는 시간이다. 같이 걷고, 같이 바라보고, 같이 먹고, 같이 웃고, 함께하는 시간들은 사랑의 꽃으로 피어난다. 사랑하는 사람과 여행을 떠나라. 먼 훗날 후회 없도록 멋진 여행을 떠나라.

바다는 늘 그리움을 가득하게 만든다. 바다는 누구나 동경하고 늘 가고 싶어 하는 곳이다. 삶에 시달리고 힘들 때마다 가방 하나 둘러메고 훌쩍 떠나고픈 곳이 바다다. 사람들은 누구나 바다를 좋아한다. 바다에 대한 향수와 그리움을 가지고 살아간다. 삶이 지루할 때면 푸념처럼 "아! 바다에 가고 싶다!"라고 말한다. 바다는 항상 그 자리에서 하늘을 몽땅 담고 산다. 잔잔함과 고요함, 시시때때로 거친 파도 속에 살아 있음을 나타낸다. 바다는 언제나 내 마음을 잘 알아준다. 사람들은 바다를 자신의 마음으로 바라본다. 바다가 좋은 것은 바라보는 순간 가슴이 열리고 모든 것을 잊게 해주기 때문이다. 바다는 늘 우리를 기다리고 있다가 반갑게 만나준다. 바다는 늘 우리에게 찾아오라고 손짓하고 있다.

가고 싶다
그 바닷가

갯가 내음이 코끝에 와 닿고
파도 소리가 음악이 되는 곳
갈매기들이 바다를
무대 삼아 춤추고
아름다운 섬들이
정답게 이야기를 나누는 곳

수평선을 바라보면
가슴이 탁 트이고
오가는 배 한가로워 보이고
둘이 같이 있으면
속삭이기에 좋은 그곳

가고 싶다
그 바닷가

해변 모래밭을 맨발로 걸으면
한없이 걸어도 좋을 그곳
파도가 바위에 부딪칠 때마다
더 힘차게 살아가고 싶은 그곳

가고 싶다
그 바닷가

－「그 바닷가」

쉼표가 있는 삶을 살고 싶다. 삶 속에 쉼표 하나 찍을 수 있는 여유를 갖고 싶다. 파도치는 바다를 바라보면 금방 생동감이 넘친다. 태양이 찬란하게 떠오르는 바다를 보라. 태양에 붉게 물드는 노을 지는 바다를 보라. 시를 쓰지 않을 수 없다. 바다는 늘 찾아오라고 부르고 손짓을 한다. 바다는 바람이 불어서 시원해서 좋다. 바다는 답답하지 않고 넓어서 좋다. 바다는 사방이 탁 트여서 바라보기가 좋다. 바다를 바라보며 심호흡하면 왠지 기분이 좋다. 바다는 바라보는 순간이 행복해서 좋다. 바다를 바라보면 누구나 행복을 느낀다. 바다의 푸른 빛깔이 생명을 느끼게 해준다. 바다의 파도가 생동감을 선물한다.

제주도 올레길에서 정말 제주도가 아름답다는 것을 알았다. 어느 곳이든 걷고 걸어야만 그곳의 아름다운 풍경을 가슴 깊이 체험할 수 있다. 제주도 올레길을 처음 찾았다. 바닷가를 걷다가 바다가 좋아 짧은 시 한 편으로 만났다.

바다를 보니 한순간에
가슴이 탁 터지는데
파도는 자꾸만 몰려와서
그리움을 만들어놓는다
– 「바다」

삶은 길을 따라가는 여행이다. 길을 찾고 길을 만들고 길을 걸어가는 것이다. 소문난 제주도 올레길을 걸었다. 제주도를 수십 번 다녀도 볼 수 없었던 것을 보았다. 늘 관광을 하면 정해진 코스를 가고 물건을 사고 떠들썩한 설명을 듣고 사람이 많은 곳에서 북적거려야 했다. 올레길은 관광 명소를 만나는 것이 아니다. 자연을 만나고 나를 만날 수 있는 시간을 허락해주었다. 올레길을 걷다 보면 차를 타고 가면서 부분적으로 보고 스쳐 지나가던 것을 눈으로 보고 마음으로 느낄 수 있다. '제주도가 이토록 아름다웠던가!' 제주도를 마음속 사진관에 그려 넣으며 찬사가 터져 나왔다. '그래 잘 왔다! 올레길 잘 걸었다!' 걷고 또 걸어도 행복했다. 도시에 찌든 마음에 쉼표 하나 잘 찍을 수 있었다. 설명을 듣지 않아도 안내 표지를 따라 걸으면 된다. 바닷가를 걷고, 오름을 걷고, 마을길을 걷고, 밭길을 걸었다. 여행의 즐거움을 알게 되었다. 올레길을 만나고 걸었기 때문이다. 올레길을 걸으면서, 제주도를 더 아름답고 특색 있게 하려면 무너진 돌담을 다시 쌓고 시멘트 담을 돌담으로 바꾸는 작업이 필요하겠다는 생각이 들었다.

돌담에 돌이 하나씩
쌓여 올라갈 때마다
지나간 세월도
내려앉았다

– 「돌담」

삶도 사람도 겉만 보고 살아가면 얼마나 실수가 많고 고통이 많고 아픔이 많은가. 삶의 진가를 아는 것은 마음을 알 때다. 서로의 마음을 읽지 않고 큰 소리를 지르는 사람들이 많다. 대화를 원하면서도 대화를 하지 않는다. 서로 고집만 부린다. 자연을 즐기며 바라볼 수 있는 올레길을 걸어야 할 사람들이 참 많다.

올레길을 걷다가 귤 농장을 지나고 있을 때였다. 농장 주인이 부르며 귤을 먹고 가라고 했다. 얼마나 친절한지 커피도 한잔 타주었다. 그분은 "올레길만 걷지 말고 제주 사람과 이야기도 하고 귤도 먹어보아야 여행이다"라고 말했다. 그분을 만난 것은 가슴 찡한 감동을 주는 행운이었다. 사람도 마음을 주고받아야 친구가 된다. 여행도 자연을 가깝게 만나야 친구가 된다.

여행을 하면서 지역의 유래와 역사를 알아가는 것이 흥미롭다. 어느 나라 어느 곳이나 전통시장 벼룩시장을 돌아보는 것도 즐거운 구경이다. 시장에서 그 지역의 문화를 알 수 있다. 제주도 올레시장에서 순댓국도 먹고 제주 흑돼지 갈비도 먹고, 방어회도 먹어보고, 갈치조림, 갈치회, 고등어회, 말고기도 먹었다. 여행과 먹거리는 역시 궁합이 잘 맞는다. 여행을 떠나서 가고 싶은 곳을 가고, 만나고 싶은 것을 만나고, 맛있는 음식을 먹어야 한다.

제주 올레길을 걸으면
마음이 열리고
머물고 쉬면 쉼터가 된다

섬 곳곳에 펼쳐 있고 숨어 있는
아름다운 풍경에 발길이 머물고
멋진 풍경을 만나면
감동을 하며 아낌없는 찬사를 보낸다

바닷가를 걸으며
밀려오는 파도에 마음을 씻고
밀려가는 파도에 고독을 씻는다

오름에 오르며

삶의 의미를 깨닫고
삶의 가치를 마음에 담는다

돌담길을 걸으며
삶의 고단함에서 벗어나고
밭길을 걸으며
삶의 즐거움을 일깨운다

올레길은 어느 곳이나
처음부터 끝까지 걸어야
그 묘미와 맛을 더 깊이 알게 된다

올레길을 걷다 보면
바다가 보이고
풍경이 보이고
삶이 보이고
휴식이 된다

－「제주 올레길」

여행은 거창한 것이 아니다. 매일의 삶이 곧 여행이다. 멀리 여행을 떠나는 것은 일상을 잠시 접어두고 삶을 이야기하고 낭만을 느끼고 인생을 생각하기 위해서다. 오늘 무엇이 가장 소중한가? 무엇이 가장 우선인가? 날마다 분주하게 살아가는데 진정 원하는 것은 무엇인가? 잠시의 휴식과 쉼 속에서 참다운 인생을 느껴야 한다. 지금은 무너지고 상처 입은 사랑을 회복할 때다. 마음을 회복해야 한다.

산은 언제나 제자리를 지키고 기다리고 있다는 듯이 늘 반갑게 맞아준다. 산은 지조가 있다. 산의 품은 넓고 너그럽다. 지리산에 올랐다. 지리산 노고단에서 내려다보이는 산들과 나무들의 풍경이 참으로 아름답다. 지리산은 분단의 아픔의 세월을 품고 잘 견디어왔다. 삶과 죽음의 능선에서 고통과 절망의 흔적이 세월 따라 사라졌다. 한때는 이념과 사상 때문에 피를 흘리고 고름을 짜야 했다. 지리산은 같은 민족 같은 형제끼리 갈등으로 서로 총을 겨눈 가슴 아픈 시절을 담고 있다. 도망치고 숨고 찾는 비극적인 운명이 다시는 반복되지 말아야 한다는 교훈을 말없이 전해준다. 지리산은 살아 있는 역사가 되어 말한다. 지리산은 늘 살아서 시대마다 울림을 보여준다.

나무들이 숲이 될 때는
자기의 이름
자기들의 모습을 드러내지 않는다

산들이 모여들어 능선을 만들고
거대한 산 하나를 만들 때에도
자기들의 모습만 드러내지 않는다

산들과 나무들과
이름 모를 풀잎들이 모여들어
지리산을 만들고 있다

노고단에 오르니
힘차게 일어서는 나무와 산들 위로

하늘이 활짝 열려 있고
모든 것이 발아래 작게 보인다

피 흘리며 숨 막혀 울던
세월도 지나고 나면
추억이 되고
골짜기마다 뼈아픈 흔적도 사라지고
쉴 새 없이 흘러내리는 물이
새로운 역사를 만들고 있다

성숙한 숲으로 울창한
지리산은 살아 움직이고 있다

— 「지리산」

아내와 함께 2박 3일 동안 제주도를 여행했다. 이틀 동안은 제주도
이곳저곳을 돌아보았다. 하루는 성산포에서 배를 타고 우도에 들어갔
다. 제주도는 수십 번 이상 다녀와서 익숙한 만남으로 늘 반갑다. 우도
는 처음이라 모든 것이 새롭고 신기했다. 우도는 섬 속의 섬이라 불리
는 곳이다. 행정구역상으로 제주시 우도면이다. 우도를 여행하면 우도
팔경을 볼 수 있다. 우도에는 자연의 아름다움이 살아 있다. 우도는 섬
전체가 한 폭의 그림처럼 아름답다. 우도에서 소섬바라기라는 민박집
에 머물게 되었다. 털보 남편과 착한 아내가 전통적이고 고풍스러운 분
위기 속에 민박집을 꾸리고 있었다. 여행에서 만난 사람들과 친숙해졌
다. 민박집 부부가 정성스럽게 만들어준 음식 덕에 노독도 풀었다. 여
행의 즐거움을 충족시켜주었다.

파도도 지쳐 머물다 가는 섬
우도엔
소섬바라기가 있다

타향 남도 처녀와
고향 토박이 총각이
사랑으로 한마음이 되어
세상 나그네들의 쉼터를 만들어가고 있다

덥수룩한 수염에
삶의 멋을 낼 줄 아는 남편과
손끝에서 가슴에서 정감 있게
있는 정성을 다해 대접하는 아내
왠지 모르게 따스함이 가득해
찾아온 이들의 마음이 편안해진다

우도 바다에 낚시를 던졌더니
바다가 다 걸려 올라온다
담을 그릇이 없어 놓아주었더니
더욱더 힘차게 파도가 출렁거린다

우도에서 만난 쉼터
소섬바라기의 멋진 낭만은
소문에 소문을 내도 좋을 듯싶다

　　　 ―「소섬바라기」

여행에서 만나는 곳의 문화와 풍습은 시인에게 체험을 만들어준다. 여행은 삶에 활력을 불어넣어 준다. 여행은 창작력을 북돋아준다. 여행을 하다 보면 신이 나서 감탄사를 연발할 정도로 아름다운 곳을 만난다. 마치 반가운 사람을 만난 듯 맨발로 달려가 보고 싶은 곳이 우리나라와 세계 곳곳에 많이 있다. 여행을 마치고 돌아온 후에도 눈을 감으면 떠오르는 아름다운 풍경들이 많다. 바다에 섬이 없다면 쓸쓸하고 외롭다. 드넓은 바다에 섬이 있기에 바다가 아름답게 보인다. 바다가 삭막하지 않고 정겹게 다가온다. 바다에 다정한 연인처럼, 친구처럼 함께하는 섬들이 있다. 섬들은 각기 나름대로의 독특한 풍광을 선물한다. 섬을 찾아가고 싶게 한다. 섬에 찾아가면 포구가 반갑게 맞아준다. 여행 중에 섬은 외로움보다 잠시 잠깐의 휴식처가 되어준다.

얼마나 애타게
보고 싶었으면
그리움을 참지 못하고
고개를 쏙
내밀었을까

- 「섬」

바다를 찾아 육지 끝에 서서 먼 바다를 바라보면 환상처럼 수평선이 눈앞에 다가온다. 수평선은 선이 분명하고 확실하다. 멋진 한 줄의 선이 눈과 가슴에 다가올 때 탄성을 지른다. '이런 멋진 바다를 왜 일찍 찾아오지 못했을까?' 수평선은 지구가 선물하는 가장 아름다운 곡선이다. 계절과 시간에 따라 바다마다 수평선의 느낌이 다르다. 카리브해의 수평선은 바다 색깔과 함께 너무나 아름다웠다. 언제 어디서나 만나는 바다는 멋지게 그려놓은 한 폭의 수채화다. 바다와 수평선은 잘 어울린다. 삶도 마찬가지다. 가끔씩 분명한 선을 그어놓아야 한다. 수평선은 하늘과 바다를 가르는 선이 분명하다. 해야 할 것과 하지 말아야 할 것이 분명해야 한다. 가야 할 곳과 가지 말아야 할 곳이 분명해야 한다. 언제나 한쪽으로 치우치지 않도록 정돈된 삶을 살아야 한다.

　바다는 두 가지 선물을 준다. 파도와 수평선이다. 사람들은 파도와 수평선을 보려고 바다를 찾는다. 바다를 그리워하게 만들고 바다를 다시 찾아오게 만든다. 파도는 바라보는 사람의 감정에 따라 다르게 친다. 사랑할 때 바다를 찾으면 파도가 "사랑해! 사랑해!" 하고 말하는 것만 같다. 미움이 가득해 찾으면 "미워해! 미워해!" 하며 파도가 친다. 사진이나 그림 속의 바다는 절대로 파도치지 않는다. 삶에 고통과 아픔과 눈물이 있다는 것은 살아 있다는 증거다. 고통과 절망을 이겨낼 때 감동은 파도처럼 밀려온다. 삶에 아픔이 있다는 것을 슬퍼할 필요는 없다. 그 모든 것을 받아들여야 성숙된 삶을 살 수 있다. 롱펠로는 "누구의 인생이든 비는 내린다"라고 말했다. 누구의 인생이든 아픔과 절망과 시련과 고독이 있다. 그래서 더욱 살 만한 가치가 있다.

누가 바다 끝에
저렇게 아름다운 금 하나를
그어놓았을까
　- 「수평선」

시인은 늘 바다가 그립다. 바다가 항상 시인을 부른다. 바다는 시인의 마음을 촉촉하게 적셔주고 한 편의 시를 선물한다. 어느 날 해변을 찾았더니 그 아름다운 모래 해변에 연인들이 찾아와 사랑의 말을 써놓고 있었다. 그들은 해변을 따라 걷고 뛰고 포옹하고 키스를 했다. 해변을 걷고 뛰고 달리는 모습이 아름다웠다. 청춘은 진정 가슴이 타오르는 계절이다. 젊은이들의 사랑놀이하는 모습이 보기 좋았다. 사랑할 때가 가장 행복하다. 해변이 함께하자고 시인의 눈과 마음을 유도하고 있다. 해변을 마음껏 달리며 가슴이 시원하다고 소리를 지르고 싶다.

> 수많은 연인이
> 해변에 사랑의 흔적을 남겨놓지만
> 파도는 몰려와
> 다음 연인들을 위해서
> 모두 다 지워버리고 떠나간다
>
> - 「해변에서」

또다시 언제든지 시간을 내어 바다를 만나러 달려가고 싶다. 바다를 만나 마음속에 숨어 있던 시 한 편을 써 내리고 싶다. 바다가 보고 싶다. 바다를 가슴에 폭 안고 싶다. 바다에 내 마음을 풍덩 던져버리고 싶다. 바다는 모든 사람이 그리워하는 곳 중의 하나다. 드넓은 바다에서 파도치는 모습을 바라보며 해변을 걷는 것은 낭만 중의 낭만이다. 바다는 아이들에게도, 노인들에게도, 연인들에게도, 그 누구에게나 그리움을 가져다준다. 시인은 바다를 어떻게 생각하는가? 바다는 모든 감정을 다 표현한다. 사랑할 때 바다를 바라보아도 아무런 감정의 변화가 없다면 목석이나 다름없다. 삶 속에 열정을 가지고 감정을 표현하며 살아야 한다. 변화무쌍한 바다의 표정을 배우고 싶다. 삶이 시들해질 때면 바다로 달려가고 싶다. 바다는 늘 시인의 마음에 파도친다.
쿠바 여행을 갔을 때 『노인과 바다』를 쓴 소설가 헤밍웨이의 집을 찾았다. 그는 아바나 근처 마을에서 살았다. 늘 바다를 가까이하며 배를 타고 낚시하는 것을 즐기며 살았다. 친구들과 술과 음식과 음악을 즐기며 살았다. 바다와 같이한 삶이 세계적인 명작을 만들었다. 시인은 바다를 상상하고 생각하여 시를 쓰는 것이 아니다. 바다를 만나고 바다를 체험해야 한다. 바다를 만나러 여행을 떠난다.

분주하고 복잡한 일상을 접어놓고
홀가분한 마음으로
짐은 가볍게 마음은 편하게
훌쩍 여행을 떠나라

푸른 하늘을 마음껏 바라보고
드넓은 바다를 만나
파도가 밀려오는 소리를 듣고
별들이 쏟아져 내리는 밤하늘을 바라보아라

두 눈이 맑아지고
가슴이 탁 터지도록
시원한 공기를 폐 속 깊숙이 받아들여라

삶에 짜증과 피로의 찌꺼기가
다 사라지도록
살아 숨 쉬는 자연에
몸과 마음을 던져버려라

잠시 쉰다고
삶이 정지되거나
잘못되는 것은 결코 아니다
여행은 삶을 풍요롭게 해주고
활력을 주고 넉넉함을 가져다준다

여행을 떠나라
이유와 변명을 늘어놓지 말고 떠나라
돌아온 후에 알 것이다
여행을 얼마나 잘 떠났고
얼마나 잘 갔다 왔는가를 알 것이다.

－「여행을 떠나라 1」

　여행을 떠나고 싶다면 갖가지 이유와 조건과 여건을 탓하지 말고 떠나라. 어쩌면 다음번에는 여행 갈 기회가 다시는 오지 않을지도 모른다. 해야 할 일이라면 당신이 없어도 해줄 사람이 생긴다. 단 하루 또는 며칠 동안 자리를 비워둔다고 천지개벽이 일어나지 않는다. 휴식을 원한다면 주저 말고 여행을 떠나라. 어느 날 갑자기 죽음이 찾아오면 아무것도 없다. 결국에는 빈손으로 떠나야 한다. 죽음은 끝 모를 여행이다.
　여행을 오라고 부르는 곳은 너무나 많다. 마음을 정하고 떠나면 된다. 지금 당장이라도 떠나면 된다. 여행은 구경하는 즐거움을 선물한다. 어디를 가든지 마음에 낯섦에 대한 긴장을 풀고 신나게 구경하는 즐거움에 빠져라. 오랜 역사와 전통을 간직하고 있는 유럽으로 여행을 떠나면 세계적인 예술가들이 남겨놓은 흔적과 유산을 만날 수 있다. 오랜 역사의 유물이 그 숫자를 셀 수 없도록 많다. 언어와 문화가 있는 나라가 전통과 미래를 잘 이루어간다. 오래된 건물, 고풍스러운 카페, 신선한 재료로 만든 음식점이 즐길 거리를 제공해준다.

멀리 떠나면 떠날수록
낯선 곳을 만나면 만날수록
시간이 지나면 지날수록
집에 대한 그리움과 가족에 대한
그리움으로 가득해져 돌아가고 싶어진다

여행은 새로운 사람을 만나고
새로운 것을 눈으로 보고
마음으로 느끼고
추억 속에 남겨놓을 수 있는
삶 속에서 만들 수 있는
가장 값있는 순간이다

여행은 보람과 후회를
한꺼번에 가져다주기도 하지만
삶의 폭을 넓혀주고
인생의 가치를 더 높여준다

여행을 떠나라
여러 가지 핑계와 이유를 대지 마라
떠나고 싶으면 무조건 떠나라

여행을 하고 돌아오면
삶이 그만큼 풍요로워질 것이다
- 「여행을 떠나라 2」

여행은 삶의 친구다. 여행을 하면서 많은 것을 생각하고, 배우고, 느끼고 감동한다. 여행을 하면 생활 속에서 좁혀지고 갖가지에 얽매였던 마음이 넓어지고 후련해진다. 여행은 변화를 가져다준다. 시간을 내어 종종 떠나면 활기를 북돋아준다. 여행은 마음에 다짐을 불어넣는다. 자연과 역사의 위대함을 보면 겸손해진다. 때로는 혼자 여행을 떠나 동떨어진 외로움을 느껴보는 것도 좋다. 외로움이 가족들과 주변 사람들을 어떻게 대하면 좋을 것인가를 알게 한다. 하늘에 두둥실 떠 있는 구름을 바라보면 부럽다. 구름은 온 세상을 자유롭게 떠다니는 여행자다. 삶 자체가 여행이다. 한순간이 아니라 인생 전체를 즐길 줄 아는 여유를 가져야 한다. 고독은 고독대로 기쁨은 기쁨대로 맞이해야 마음이 넉넉해진다. 여행의 발길은 마음속에 그림 한 장, 시 한 편을 남겨 놓는다.

어느 날 하루는 여행을 떠나
발길 닿는 대로 가야겠습니다
그날은 누구를 꼭 만나거나 무슨 일을 해야 한다는
마음의 짐을 지지 않아서 좋을 것입니다
하늘도 땅도 달라 보이고
날아갈 듯한 마음에 가슴 벅찬 노래를 부르며
살아 있는 표정을 만나고 싶습니다
시골 아낙네의 모습에서

농부의 모습에서

어부의 모습에서

개구쟁이들의 모습에서

모든 것을 새롭게 알고 싶습니다

정류장에서 만난 사람에게 가벼운 목례를 하고

산길에서 웃음으로 길을 묻고

옆자리의 시선도 만나

오며 가며 잃었던 나를 만나야겠습니다

아침이면 숲길에서 나무들의 이야기를 묻고

구름이 떠가는 이유를 알고

파도의 울부짖는 소리를 들으며

나를 가만히 들여다보겠습니다

저녁이 오면 인생의 모든 이야기를

하룻밤에 만들고 싶습니다

돌아올 때는 비밀스런 이야기로

행복한 웃음을 띄우겠습니다

－「어느 날 하루는 여행을」

02

마음의 쉼표 하나

시는 삶의 표현이다. 시인은 마음 칸칸이 가득 찬 것을 쏟아낸다. 괴테는 "만일 내가 시 쓰는 일을 할 수 없다면 살고 있는 보람이 없다. 누에가 고치를 틀면서 죽음으로 다가간다고 해서 고치를 틀지 않을 수 있겠는가!"라고 말했다. 시를 쓰는 일도 같다. 열정을 다해 시를 쓴다면 살아서 움직이는 시가 된다. 인생도 표현이다. 사랑이야말로 진실한 삶의 표현이다. 이 세상의 모든 예술이 사랑을 표현한다. 사랑을 하면 아름답고 진실하게 표현할 수 있다. 시인의 마음속에 시의 불길이 강렬하게 활활 타오른다.

호라티우스는 "시는 아름답기만 해서는 안 된다. 사람의 마음을 뒤흔들 필요가 있고 듣는 이의 영혼을 뜻대로 이끌어나가야 한다"라고 말했다. 시의 진정한 가치는 영혼을 감동시키고 마음의 동요를 일으키는 데 있다. 시는 세상에 보내는 사랑의 편지다. 셸리는 "시는 가장 행복하고 가장 좋은 마음의 상태에서 나오는 순간의 기록이다"라고 말했다. 시인은 원하던 시가 써질 때 기쁨과 감동이 대단해 소리치고 싶고 환호하고 싶다. 누군가에게 말하고 싶고, 많은 사람에게 전하고 싶다. 세상을 가슴에 안은 듯 행복하다. 자기가 쓴 시로 자신을 먼저 감동시켜야 한다. 시가 살아 움직여 독자를 감동시켜야 한다. 시인은 이 세상의 모든 것을 시로 표현하고 싶다.

해바라기를 생각하면 왠지 입가에 웃음이 떠오른다. 해바라기는 순수하고 해맑게 웃고 있었다. 즐겁게 웃고 있는 해바라기 목덜미를 누가 간질였을까? 바람? 잠자리? 햇살? 아니다. 보는 이가 해바라기가 웃고 있는 것처럼 바라보았을 뿐이다. 세상의 모든 것은 바라보는 감정에 따라 느낌이 다 다르다. 여름날 해바라기를 보고 있으면 웃음이 저절로 나온다. 삶도 해바라기처럼 가식이 없는 해맑은 웃음을 지을 때 행복하다. 이 세상에서 가장 행복해야 할 사람들은 누구인가? 사랑하는 사람들의 목덜미를 간지럽게 해줄 사람은 누구인가? 바로 그대와 나, 우리다. 머릿속에 해바라기를 그려보라. 기분이 좋아지고 웃음이 입가에 번진다.

해바라기 목덜미를
누가 간지럽혔기에
저렇게 신나게 웃고 있을까
　－「해바라기」

자연을 사랑하고 삶을 사랑하는 사람이 시를 쓴다. 영화배우 루실 볼은 "먼저 자신을 사랑하면 다른 모든 것이 제대로 흘러간다. 이 세상에서 무언가를 성취하고 싶다면 자신을 진정으로 사랑해야 한다"라고 말했다. 삶을 살아가는 동안 사라지고 없어질 것에 대해 애착을 갖고 사랑하며 살아야 한다.

어느 날 들길을 걸어가다가 풀들 사이에서 바람결에 마구 꼬리 치며 흔들리는 강아지풀을 보았다. 웃음이 저절로 터져 나왔다. 강아지풀을 보고 있으니 해학이 느껴져 한참을 쳐다보았다. 풀들 사이에서 흔들리는 것이 마치 강아지가 꼬리를 흔들고 있는 것처럼 보였다. 온 세상에 풀들이 가득하다. 풀들이 꽃을 피우고 열매를 맺는다. 강아지풀이 시인의 눈에 펼쳐진 재미있는 풍경이 되었다.

누가 얼마나

반가웠으면

뛰쳐나가고

꼬리만 남아서　　　　　　　　　　　　.

흔들거리고 있을까

－「강아지풀」

시인은 늘 연상하고 새로운 이미지를 떠올린다. 시인은 모든 것을 가슴에 담아만 두지 말고 표현해야 한다. 시인은 눈에 다가오는 모든 것을 호기심을 가지고 바라본다. 호기심이 시로 표현된다. 사과는 붉은 유혹의 눈빛으로 유혹한다. 우리나라 붉은 사과는 참 맛이 좋다. 세계 여러 나라 여러 곳을 여행해보아도 우리나라 사과같이 맛있는 사과를 만날 수 없다. 붉은빛에 유혹되고 맛에 유혹된다. 어느 날 붉은 사과를 물로 잘 씻어 한입 꽉 깨물었다. 상 위에 놓아둔 사과를 바라보다가 붉은 유혹의 매력에 풍덩 빠져버렸다. 사과가 노골적으로 유혹해도 좋았다. 왜냐하면 먹고 싶었기 때문이다. 그냥 가만히 있을 수가 없다. 너무나 매혹적으로 맛있다. 지금도 사과가 먹고 싶다. 사과의 붉은 유혹에 빠지고 싶다.

파블로 피카소의 말이 생각났다. "삶에서 최고의 유혹은 일이다." 마르쿠스 안토니우스는 "인간의 마음은 항상 네 가지 유혹에 직면하고 있다. 우리는 그 유혹과 싸우지 않으면 안 된다. 그 네 가지 유혹이란 다음과 같다. 첫째, 공상이다. 지금 내가 생각하는 것은 부질없는 일이라고 자신을 타이름으로써 공상을 억제하도록 하라. 둘째, 자만심이다. 이것은 만인의 행복에 위배되는 것이라 타이르고 억제하라. 셋째는 허위다. 이제는 내가 말하는 것은 진실에 배반되는 일이라고 타일러 억제하라. 넷째는 색욕이다. 나는 지금 맹목적 정열의 동물성 때문에 이성을 잃고 신에 속하는 자기의 본성을 구할 수 없는 해독에 빠뜨리고 있다고 생각함으로써 억제하라"라고 말했다.

시인의 마음에 끌림이 없으면 즐거운 상상도 할 수 없고 동기부여를 받을 수도 없다. 로버트 그린의 말처럼 "모든 유혹에는 두 가지 요소가 있다. 우선은 자신의 매력을 찾아야 한다. 다시 말해 자신의 어떤 점이 사람들을 유혹할 수 있는지를 파악해야 한다. 둘째는 목표물에 관해 알아야 한다. 상대방의 방어선을 무너뜨리고 항복을 얻어내려면 어떤 전략과 행동이 필요한지 알아야 한다". 시인의 마음이 때론 유혹으로 파도를 쳐야 한다. 거친 파도가 훌륭한 뱃사공을 만들듯이 시인의 마음에도 늘 파도가 쳐야 한다. 삶을 자유롭게 표현할 수 있을 때 더 행복해지고 마음이 풍요로워진다. 삶을 잘 표현해나가면 삶은 더욱더 놀라운 변화를 일으킨다.

붉은 유혹에
한입 덥석 깨물었더니
피는 쏟아지지 않고
하얀 속살만 보인다

- 「사과」

숲길을 거닐다 버섯을 만났다. 홀로 목을 길게 내밀고 돋아나는 버섯을 보았다. 숲 속에서 홀로 외롭지는 않았을까? 밤에는 쓸쓸하고 고독하고 무섭지 않았을까? 버섯과 이야기를 나누다 보니 버섯이 나를 보고 시 한 편을 써달라고 몸짓을 한다. 버섯이 왠지 쓸쓸해 보이고 처절한 고독에 빠져 있다는 생각을 했다. 낯선 세상에 홀로 살아간다는 것이 얼마나 힘들고 어려운 것인가를 여실하게 보여준다. 데일 카네기는 "조금만 마음을 쓰면 이 세상 전체가 행복해진다. 고독한 사람이나 의기소침한 사람에게 한두 마디 따뜻한 말을 걸어주자. 아마도 당신은 내일이면 그런 친절한 일을 한 사실을 잊어버리게 될 것이다. 하지만 친절하게 대접받은 그 사람은 당신의 말을 평생 가슴에 품고 있을 것이다"라고 말했다. 자연에게 친절해야 자연도 마음에 선물을 전달해준다. 이 세상에 나로 인해 행복한 것들이 있다면 얼마나 좋은 일인가? 한세상 살아가면서 때로는 안 본 척, 때로는 모르는 척 두 눈 딱 감고 살자. 좋은 것을 찾다 보면 그리 미워할 것도 없다. 그리 싫어할 것도 많지 않다. 한세상 살아가는 것, 정 많은 사람의 체온처럼 따뜻하게 살자.

버섯에게 말을 걸었다. 버섯을 의인화시키고 마음에 느낌을 담아 표현해보았다.

차갑고 쌀쌀한 세상
비 맞고 살기 싫어
우산부터 쓰고
나오는구나
– 「버섯」

오리는 언제 보아도 물가에서 자유자재로 물놀이를 하며 즐긴다. 오리는 웃음과 재미를 준다. 오리를 보면 즐겁다. 웃음은 삶 속에 꼭 필요한 동반자다. 웃음이 없다면 세상은 곧 어둠으로 가득 찰 것이다. 삶 속에서 웃음을 주고 웃음을 받으며 살아야 한다. 물가에서 여유롭게 놀고 있는 오리를 보다가 함박웃음을 지었다. 웃음이란 자신의 얼굴에 행

43

복한 꽃을 활짝 피우는 것이다. 웃음은 슬픔을 뛰어넘어 행복을 만든
다. 잘 웃는 사람이 행복한 삶을 산다. 모든 나무와 풀은 꽃을 피운다.
이 세상에서 가장 아름다운 꽃은 사람의 얼굴에서 피어나는 웃음꽃이
다. 웃음은 행복의 시작이고 행복의 열매다. 웃는다는 것은 날마다 행
복하게 살아가고 있다는 표현이다. 오리를 바라보는 즐거움에 짧게 표
현해보았다.

오리야
공부를 얼마나 못했으면
하루 종일
2 자 한 자만 쓰고
놀고 있느냐
- 「오리」

시인의 시선은 사진을 찍을 때처럼 순간을 잘 포착해야 한다. 때로
는 스펀지처럼 모든 것을 다 빨아들였다가 다시 쏟아내야 한다. 시인
의 가슴에는 시라는 샘물이 있다. 샘물이 터지듯이 시로 표현해야 한
다. 어느 날 갑자기 샘물이 터질 때도 있고 어떤 때는 계속해서 샘물이
흘러내릴 때가 있다. 시인의 가슴에 샘이 마를 때 시인은 고독하고 외
롭고 쓸쓸하고 적막하다. 시의 샘물이 터져야 시의 강이 되고 시의 바
다가 되어 파도친다. 시인은 이 지상의 모든 것을 사랑하며 가슴으로
시를 쓴다. 때로는 눈물로, 사랑으로 시를 써 내린다.
  어느 가을날 지방에서 강의를 하고 돌아오는데 강변에서 바람에 흔
들리는 갈대를 만났다. 갈대가 너무 아름다웠다. 마치 사랑하는 이가
손을 흔들며 마중해주는 것만 같은 착각이 잠시 들었다. 차를 세우고

갈대를 정답게 만났다. 사랑하는 사람과 그리운 친구들이 생각났다. 친구들이 없다면, 사랑하는 이가 없다면 삶은 얼마나 쓸쓸해질까 하는 생각이 들었다. 우리는 만남과 헤어짐 속에 살아간다. 사람을 만나는 일이 행복해야 삶이 즐겁다. "우리는 만나면 왜 이렇게 좋을까" 이런 행복한 말을 하며 살아야 한다. 사랑하는 사람이 우리 곁에 있다는 것이 얼마나 행복한 일인가. 그렇다면 "당신이 있어서 행복합니다"라고 말하면서 살아야 한다. 시인의 눈은 언제나 자연을 만나고 싶어 한다. 살아 있는 것은 행복이다. 시를 쓸 수 있다는 것은 놀라운 자유이며 축복이다.

강변의 갈대들이
손을 흔들어주지 않았더라면
강물은 얼마나
외롭게 흘러갔을까
– 「강변의 갈대」

죽음을 앞둔 암 환자들이 가장 후회하는 세 가지가 있다. 첫째, 48%의 환자들이 사랑하는 사람에게 사랑을 많이 표현하지 못한 것을 후회한다. 둘째, 자신만을 위한 시간을 갖지 못한 것을 후회한다. 셋째, 자신이 하고 싶은 일에 최선을 다하지 못한 것을 후회한다. 그러므로 사랑할 사람이 있을 때 사랑해야 한다. 사랑해야 할 시간을 절대로 놓치지 말자. 죽어가는 최후의 순간까지 사랑을 놓치지 말아야 한다. 사랑할 시간이 너무 짧다.

스코틀랜드 속담에 이런 말이 있다. "살아 있는 동안 행복하라! 죽어 있는 시간이 길다!" 살아 있을 때 마음껏 사랑하며 살자. 삶 속에 찾아

45

온 시간은 다시 돌아오지 않는다. 시간이 얼마나 소중한 것인가를 깨닫고 살아야 한다. 낡은 시계 위에서도 시간은 흘러간다. 시계는 째깍째깍하면서 시간을 먹어 들어가고 있다. 내일은 없다. 언제나 오늘을 산다. 이 순간을 사랑하며 살자.

마르쿠스 아우렐리우스는 "시간은 일종의 지나가는 사건들의 강물이며, 그 물살은 세다. 그리하여 어떤 것이 나타났는가 하면 금방 스쳐 가 버리고 다른 것이 그 자리를 대신 차지한다. 새로 등장한 것도 곧 스쳐가 버리고 말 것이다. 인간의 지혜가 얼마나 무상하며 하찮은 것인가를 눈여겨보라. 어제까지만 해도 태아였던 존재가 내일이면 빳빳한 시체나 한 줌의 재가 되니, 그대의 몫으로 할당된 시간이란 그토록 짧은 것이다. 그러니 순리대로 살다가 기쁘게 죽어라. 마치 올리브 열매가 자기를 낳은 계절과 자기를 키워준 나무로부터 떨어지듯"이라고 말했다.

데일 카네기는 "시간은 말로써 나타낼 수 없을 만큼 멋진 만물의 재료다. 시간 안에 있으면 모든 것이 가능하다. 시간 없이는 무엇이든 불가능하다. 날마다 우리에게 시간이 빠짐없이 공급되는 것은 생각하면 할수록 기적 같다"라고 말했다. 시간을 잃어버리면 모든 것을 잃게 된다. 사라지고 죽어가는 시간을 보람 있고 알차게 보내자.

시계가
동그라미를
그리며
돌고 있어
돌아오는 줄 알았더니
한번 떠나면

46

영영 돌아오지 않는구나

　－「시간」

　밤하늘의 별을 보고 있으면 행복해진다. 깜깜하고 어두울수록 하늘
에 더 많은 별이 빛난다. 까만 밤하늘에 쏟아질 듯 떠 있는 별들이 너무
나 아름답다. 세상은 아름답다. 칠흑 같은 어둠 속에도 희망은 있다. 세
상 곳곳에는 새롭게 만날 수 있는 아름다움이 널려 있다. 그런데도 빛
과 아름다움을 바라보지 않고 어둠과 미움 속에 살아가는 사람들이 많
다. 참으로 안타까운 일이다. 세계 최고의 부자 빌 게이츠는 부자가 된
비결을 묻는 질문에 "나는 날마다 두 가지 최면을 건다. 하나는 '나는
오늘 왠지 아주 좋은 일이 생길 것 같다'이고, 다른 하나는 '나는 뭐든
지 할 수 있다!'이다"라고 답했다. 나 역시 날마다 최면을 건다. "나는
시를 쓴다." "나는 날마다 행복하고 즐겁고 멋지게 산다!"

　수많은
　그리움이
　하늘에
　떠올라
　빛을 내고 있다

　－「별」

　삶을 아름답게 보고 긍정적으로 살아가는 사람들이 행복하다. 사랑
을 하면 모든 것이 긍정적으로 아름답게 다가온다. 얼굴이 밝아지고 표
정이 살아난다. 한 사람 때문에 가족이 행복해지고 주변 사람들이 행
복해진다.

47

세상에는 수많은 나무가 존재한다. 나무들은 종류도 크기도 모양도 다양하다. 피어나는 꽃도 향기도 나뭇잎도 각기 다르다. 시인은 나무들의 다양한 모습과 성장 과정을 보며 삶의 모습을 찾는다. 어느 봄날 지방에 강의를 갔을 때 길가에 늘어서 있는 버드나무를 보았다. 초봄이라 버드나무들의 연초록 잎이 돋아나고 있는데 한순간 즐거운 착각을 했다. 길가에 수많은 처녀가 머리를 감고 난 모습을 보는 듯했다.

봄 햇살 좋은 날
머리를 막 감고 나온
처녀처럼 연초록 머리칼을
바람에 말리고 있다
- 「버드나무」

내가 살고 있는 일산에 호수공원이 있다. 드넓은 곳에 나무가 많아 산책하기에 좋다. 걷다가 연꽃을 만났다. 연꽃은 더러운 흙탕물 속에서 잘 자란다. 땅속에 뿌리를 내리고 물 위에 참으로 아름다운 꽃을 피워놓는다. 연꽃을 보자 그리움이 마음속에 불을 지른 듯 확 번졌다. 시는 삶 속에서 만나는 모든 것을 쓰는 것이다. 영화 〈러브레터〉에 이런 대사가 나온다. "기억 저편에 사라졌던 그의 모습들이 하나둘 떠오릅니다. 하지만 그 추억은 당신의 것이기에 돌려드립니다. 가슴이 아파서 이 편지는 보내지 못할 것 같습니다." 삶에 그리움이 있어서 좋다. 살아가면서 그리움이 늘 피어나니 고독 속에서도 즐거운 삶이다.

물 위에
그리움이 하나씩 하나씩

떠올라

꽃으로 피어난다

– 「연꽃」

홀로 남는다는 것은 고독이며 지독한 절망이다. 외면당하는 것처럼 가슴 아픈 일은 없다. 소외당하는 슬픔은 당해본 사람만이 알 수 있다. 고독할 때 만날 사람이 없고 함께할 사람이 없다면 절망이다. 그러나 마가렛 뮬락은 "인간에게 고독이란 중요한 것이다. 당신이 평안과 만족을 얻으려면 그것이 필요하다. 그것은 당신 영혼의 갈증을 해소시키는 샘이다. 당신이 당신의 모든 경험으로부터 진실로 가치 있는 것을 선택할 수 있는 실험이다. 당신에게 생기는 불미스러운 사건들 때문에 기초까지 동요될 때 당신을 안정시키는 안식처다"라고 말했다. 고독은 인간을 성숙하게 하고 성장시키고 단련하는 삶의 도구다. 고독은 시를 쓸 수 있는 시간을 허락한다. 고독할 때는 사람이 그립다. 언제든 반갑게 만나주는 사람이 필요하다.

누구일까

등 돌리고

돌아선 사람

참 밉다

– 「외면」

시인은 열정의 소유자다. 열정이 없다면 시를 쓸 수 없다. 주타번은 "열정이 없는 사람은 미지근한 물로 인생이라는 기관차를 움직이려 드는 사람이다. 이때 일어날 수 있는 오직 한 가지 현상, 그는 멈춰버리고 말 것이다. 열정은 불 속의 온기이며 모든 살아 있는 존재의 숨결과 같은 것이다"라고 말했다. 베고니아는 참으로 열정적인 꽃이다. 붉은 빛이 아름답다. 붉게 붉게 연이어 피어나는 베고니아를 보면 쏟아지는 열정에 감탄과 찬사를 보내지 않을 수 없다. 베고니아는 왜 저토록 쉬지 않고 온몸으로 붉게 타오르며 꽃을 피워내고 있을까? 가슴이 불타오르는 연정을 나타내는 것은 아닐까? 베고니아의 열정을 닮고 싶다. 살아 있는 날 동안 마르지 않고 시들지 않는 뜨거운 열정을 쏟아야 한다.

이 지상에서 그 누가
그토록 열정적일 수 있나

네 가슴에서 쉴 새 없이
고백하는 사랑은
누가 불 질러놓은 것이냐

베고니아 너는
빨간 우체통
날마다 누구에게
편지를 부치는가

누가 감당하랴
너의 열정을

베고니아 너는

누가 그리워
붉게 피는가

너를 본 내 가슴에도
붉은 꽃이 피고 말았다
- 「베고니아」

어항을 바라보는데 갑자기 갇혀 있는 금붕어가 불쌍해 보였다. 마치 바다를 한 조각씩 잘라다가 놓은 듯했다. 인간의 잔인함을 깨달았다. 물고기의 고독을 보았다. 인간도 사각의 아파트 상자에 갇혀 사는 것은 아닐까? 온갖 오염과 욕심이 가득한 가슴을 열고 숨을 크게 쉬며 살고 싶다. 헤르만 헤세는 "고통이 그대를 괴롭히는 것은 다만 그대가 고통에 대해서 겁을 먹기 때문이며 그대가 그것을 건드리기 때문이다. 고통이 그대를 따라다니는 것은 그대가 그것으로부터 도망치려 하기 때문이다. 그대는 그것으로부터 도망쳐서는 안 되고 그것을 건드려서도 안 되고 겁내서도 안 된다. 그대는 사랑해야만 한다. 그대는 무엇이든 스스로 알고 있다. 마음속 깊이에서는 알고 있다. 세상에는 단 하나의 마술, 단 하나의 힘, 단 하나의 행복이 있을 뿐이고 그것은 사랑이라는 것을. 그러니까 고통에 거역하지 말고 고통을 사랑하고 고통으로부터 도망치지 말 것이다. 그대는 고통의 밑바닥이 얼마나 아름다운가를 맛보아야 한다"라고 말했다. 찾아온 고통을 이겨내고 벗어나야 한다. 고통에 굴복해서는 안 된다. 고통의 능선을 넘어서면 마음이 편하다.

누가
언제부터

바다를 한 조각씩 잘라서
눈요깃감으로 팔았을까

파도마저 죽은 곳에
힘찬 헤엄조차 잃고

삶을 포기한
금붕어의 입에선

오늘도
고독이 동그라미를
물 위로 떠올리고 있다
- 「어항」

비 오는 날 생각해보았다. 비가 내리는 날이면 바라보는 즐거움이 있
다. 창밖에 흘러내리는 비를 보고 싶을 때가 있다. 세차게 비가 오면 왠
지 이 세상에 엄청난 슬픔을 맞이한 사람이 있을 것 같은 생각이 들었
다. 너무나 가슴이 아파왔다. 저 높고 넓은 하늘마저 감당을 할 수 없
어 같이 울고 있다. 어쩌면 엉뚱한 생각이지만 시인은 연상을 하고 시
를 쓴다. 비는 온 세상을 깨끗하게 씻어주는 하늘의 청소부다. 비가 내
리는 시간은 세상이 맑아지는 시간이다. 온 세상을 깨끗하게 씻어놓는
다. 이 힘은 쏟아져 내리는 비가 가지고 있다.

누군가
몹시 슬펐던 모양이다

그 슬픔이
얼마나 컸으면

하늘마저
울고 말았을까
- 「비 오는 날」

가을날 호수공원을 걸었다. 가을 단풍이 물드는 것을 보고 시 한 편
이 툭 터져 나왔다. 나무 한 그루 한 그루의, 단풍으로 채색된 아름다
움에 감탄했다. 얼마나 색깔이 다양하고 아름다운지 아낌없는 찬사를
보내고 싶다. 이 세상의 누가 이토록 알록달록한 물감을 동원해서 단
풍을 만들 수 있을까. 가을은 색깔들의 잔치다. 가을에 초대된 사람들
은 축복받은 사람들이다. 가을은 고독의 계절이며 사랑을 하게 만드는
계절이다. 단풍 든 나무를 바라보다 문득 생각했다. 나무들이 오랜만
에 다정한 친구들을 만난 모양이다. 한데 어울려 회포를 풀었나 보다.
나무들이 얼큰하게 취해서 얼굴이 붉어졌다.

가을 나무들이 고독에 취해
독한 술을 마셨나 보다
뻘겋게 취하고 노랗게 질려
모두 다 속마음을
드러내 보이고 있다
- 「가을 나무」

노을이 지는 시간에는 빛과 어둠이 조화를 이룬다. 강가나 해변에서

53

노을이 다 지기 직전 나무들이 어둠 속으로 물드는 빛과 어둠의 조화
는 너무나 아름답다. 젊은 날에는 정동진에 일출을 보러 갔다. 일출을
보면 가슴속에 희망이 밀려올 것 같았다. 일출을 볼 수 있는 것만으로
좋았다. 여행을 하면서 이곳저곳에서 태양이 떠오르는 것을 바라본 기
억들이 남아 있다. 나이가 들면서 언제부터인가 노을이 지는 모습이 너
무나 아름다워 보이기 시작했다. 노을이 지면 끝까지 바라보고 싶어진
다. 저녁노을 같은 인생을 살고 싶다. 저녁노을을 바라보고 있으면 빛
의 연출이 온 세상을 환장하도록 물들인다. 저녁노을 같은 미친 사랑
에 빠지고 싶다. 산에서 들에서 도시에서 바다에서 빌딩 숲에서 바라
보는 노을의 모습이 달랐다.

저 뜨거운 불덩어리
가슴으로만
안고 있을 수 없으니까
드디어 지고야 마는구나

－「저녁노을」

이 세상은 수많은 시인을 초대했다. 살아가는 날 동안 마음껏 모든
것을 노래하라고 기회를 주었다. 시인은 하늘을 노래하고, 땅을 노래
하고, 바다를 노래하고, 산을 노래하고, 꽃을 노래해야 한다. 살아 있
는 심장으로 시를 써내야 한다. 감정이 부족하다면 살려내어 써야 한
다. 이 세상에 존재하는 모든 것을 의인화하고 생명력을 불어넣어 살
아 움직이게 해야 한다.
　수많은 시인의 삶을 시를 통해 알게 됐다. 시에 대한 쓸데없는 욕심
을 버리게 되었다. 마음 가는 대로 편하게 쓰기로 했다. 나이가 들어가

면서 마음에 여유가 생긴다. 이해하는 마음이 넓어진다. 수석을 모으던 사람이 죽기 전에 가지고 있던 수석들을 모두 남에게 선물하고 자신은 하나만 가졌다. 그는 "하나 속에 모든 수석이 들어 있다"라고 말했다. 죽기 직전에 남은 수석 하나도 남에게 주었다. 죽어갈 때 마음속에 가져가겠다고 했다. 소유욕을 떠나면 마음이 편안해진다. 모든 것을 관조하게 되고 이해하게 되고 용서하게 된다. 그만큼 경험하고 인생을 알게 되었다. 나이가 들수록 저녁노을처럼 멋지게 살고 싶다.

03

어느 날 시가 내게로

삶도 한 편의 시다. 시인의 생활이 시가 된다. 시를 쓸 수 있는 마음을 항상 준비해야 한다. 시인은 자신의 체험 이상 시를 쓸 수 없다. 그러므로 자신의 삶의 영역을 넓혀야 한다. 절대로 우물 안 개구리가 되어서는 안 된다. 빠르게 변화가 일어나는 오늘의 시대에 철저하게 훈련하고 단련해야 한다. 시인은 언제나 살아 있고 힘 있는 시를 써야 한다. 눈도 마음도 살아 있어 내일을 노래해야 한다. 빌딩의 높이만큼 마음의 담이 높아가고, 집들이 많아진 만큼 사회가 복잡다단해진다. 날마다 늘어난 길처럼 마음들이 점점 갈라지고 있다. 도도히 흐르는 큰 강처럼 삶의 흐름도 자연스럽게 흘러야 한다. 산에 우뚝 선 큰 나무처럼 비바람과 눈보라가 몰아쳐도 묵묵히 자기 자리를 지키는 인내심을 보여주어야 한다.

땀을 흘릴 줄 아는 사람들은 사랑하는 방법을 안다. 세상에는 진실만이 통하게 만들어야 한다. 열심히 일하면 살맛이 나고 행복과 웃음이 깃든다. 남에게 부드럽게 대하면 세상이 아름답게 보인다. 환하게 웃는 것, 미소를 짓는 것, 언어와 표정을 부드럽게 하는 것이 세상을 아름답게 만든다.

삶은 물 흐르듯 살아가면 된다. 억지를 부리고, 서로를 가로막고, 편을 가르려고 하니까 골치 아픈 문제가 생긴다. 순리대로 흘러가면 되는데 그냥 바라보고 있지 않으니 문제가 된다. 나만 옳고 너는 잘못됐다고 하면 문제다. 왜 마음에 여유를 갖지 못하는지 안타깝다. 서로 화

합하면 모든 것이 쉽게 해결되는데 반목을 하니 문제다. 겸손하게 대하면 얼마나 고맙고 기분이 좋은가. 날마다 가족과 주변 사람들을 배려하는 삶을 살자. 자기에게 이익이 될 때만 남에게 부드럽게 대하면 안 된다. 사랑이 가득한 사람은 마음속에 남을 수 있는 호의를 베푼다. 미움을 벗겨내고 따뜻한 마음을 만들면 작은 것에도 감동을 받는다.

스스로 행복하지 않으면 남을 편하게 해줄 수 없다. 시인이 쓰는 언어도 거칠어서는 안 된다. 사람의 마음을 표현해주어야 한다. 톨스토이는 "친절은 세상을 아름답게 한다. 모든 비난을 해결한다. 얽힌 것을 풀어 헤치고, 곤란한 일을 수월하게 하고, 암담한 것을 즐거움으로 바꾼다"라고 말했다. 불평과 불만, 비난과 욕설이 가득하면 마음이 편할 수 없다. 남에게 상냥하게 대하며 선하고 진실한 마음이 되어야 한다.

딸 아람이가 결혼하기 전 아침 출근길에 딸에게 "예쁜 딸, 잘 가!"라고 했더니 웃으며 "잘생긴 아빠, 갔다 올게!"라고 답했다. 친절한 인사말을 주고받으니 금방 행복해졌다. 가족과 이웃이 힘들고 지쳐 있을 때 진심에서 우러나오는 마음을 전해야 한다. 모든 사람에게 행복한 웃음으로 말하자. 상냥함과 부드러움으로 기억하게 만들자. 웃음이 가득한 얼굴에 미소가 흐르는 눈으로 부드러운 말을 나누자. 사람을 대하거나 보살피거나 가르쳐주는 태도에서도 정답고 따뜻한 분위기를 만들어 서로 고마움을 느끼게 하자. 남에게 칭찬과 격려를 아끼지 말자. 가슴이 찡하도록 멋진 감동을 만들자.

외로운 사람들이 많아졌다. 아파트에 갇혀 혼자 사는 사람들도 많아졌다. 사람은 어울려 살아야 행복하다. 저 들판의 나무 한 그루가 아무리 멋있어도 한 그루의 나무를 아무도 숲이라 하지 않는다. 이름 모를 아주 작은 풀부터 커다란 나무까지 잘 어울려야 숲이 된다. 외로움을 느낀다면 서로 관심을 가져주어야 한다. 내가 시인이 되고자 첫 시집을 낼 때는 삶이 너무 외롭고 쓸쓸하고 힘들던 때였다. 그래서 시집 제목을 『한 그루의 나무를 아무도 숲이라 하지 않는다』라고 정하여 출간했다.

인간은 울면서 발버둥 치며 태어난다. 혼자 울며 태어나 몇 번 웃다가 남아 있는 사람들을 울리고 떠난다. 결국 떠나는 인생살이, 관심도 주고받지 못하면 얼마나 쓸쓸한 삶인가. 알프레드 아들러는 "다른 사람들에게 관심을 갖지 않는 인간은 고난 속에서 살아갈 수밖에 없다. 그런 사람은 상대방에게도 무거운 짐이 될 뿐이다. 왜냐하면 인간관계의 모든 실패는 그러한 인간들 사이에서 일어나기 때문이다"라고 말했다. 자기주장만 펼치고 상대방의 말을 들어주지 않는 것은 관심이 아니다. 고집불통이고 편견과 아집으로 고통스러운 결과만 낳는다. 인생은 혼자서 살아갈 수 없다. 서로 관심을 갖고 어울리며 살아야 정감을 느끼고 살맛이 난다. 함께할 수 있는 사람이 있어야 인간다운 멋이 있고 살아갈 재미를 느끼고 삶의 보람을 느낀다. 삶을 열정적으로 멋지게 살고 싶다. 희망과 꿈을 이루며 살고 싶다. 삶에 서툴 때 지독한 외로움과 고독에 빠져든다.

혼자는
고독한 죽음이다

한 그루의 나무를
아무도
숲이라 하지 않는다
– 「외로움」

사업에 실패한 한 남자가 가족들과 주변 사람들에게 관심도 받지 못하고 외롭게 지내고 있었다. 어느 날 혼자라는 생각이 심장 끝까지 찔러와 자살을 결심하고 아파트 베란다에서 담배를 피우고 있었다. 다 피우고 난 후에 떨어져 죽을 생각이었다. 그때 집에 들어오던 아내가 남편을 쳐다보았다. 그런데 이날따라 남편이 멋있게 보이는 것이었다. 평소에는 차갑고 쌀쌀맞게 대하던 아내가 남편을 바라보고 웃으며 말했다. "여보! 사랑해요!" 그러자 이 남자는 살고 싶다는 생각이 머리끝까지 치솟아 올랐다. 남자는 그대로 달려가서 아내를 꼭 껴안았다. 그리고 새로운 인생을 살기로 결심했다. 때로는 눈빛 하나, 말 한마디, 손짓 하나가 사람을 살리기도 하고 죽이기도 한다.

시인도 모든 것에 관심을 가져야 다양한 소재의 시를 쓸 수 있다. 관심은 간섭과는 다르다. 관심이란 상대방의 마음으로 상대를 생각해주는 것이고 간섭은 내 마음속에 상대방을 가두는 것이다. 사람들은 관심을 원하지, 간섭은 원하지 않는다. 어느 사이에 관심을 갖는다고 하면서 얼굴을 붉히고 핏대를 올리고 고함을 치는 사람들이 많아졌다. 대화로 풀지 않고 강압적으로 핏대만 세운다. 로렌스 굴드의 말을 기억해야 한다. "남이 당신에게 관심을 갖게 하고 싶거든 당신 자신이 귀와 눈을 닫지 말고 다른 사람에게 관심을 표시해라. 이 점을 이해하지 않으면 아무리 능력이 있더라도 남과 사이좋게 지내기는 불가능하다." 사람들은 누구나 마음이 통하면 좋아한다.

늘 지켜보며, 무언가를 해주고 싶었다
네가 울면 같이 울고
네가 웃으면 같이 웃고 싶었다
깊게 보는 눈으로

넓게 보는 눈으로
너를 바라보고 있다
바라보고만 있어도 행복하기에
모든 것을 포기하더라도
모든 것을 잃더라도
다 해주고 싶었다

- 「관심」

요즘에 하루에도 몇 번씩 외치는 말이 "자식들아! 아니, 짜식들아! 멋지게 살아주마!"이다. 가정에 웃음이 있다는 것은 최고의 기쁨이다. 가족의 행복을 위해 함께하는 마음이 필요하다. 서로 미워하면 틈새로 불행이 스며들어 온다. 가족이 주는 상처는 아프고 잘 아물지 않는다. 모든 범죄는 가족 사랑의 파괴에서 시작된다.

어느 날 아들이 늦도록 전화도 없이 안 들어왔다. 그러다 새벽 1시에 현관문을 열고 들어오다가 나와 눈이 마주쳤다. 아들은 씩 웃으며 다가오더니 내 옆구리를 툭 치면서 말했다. "사나이끼리 왜 이래! 아버지 잘 자!" 이런 아들이 왠지 맘에 들었다. 가족의 정이 진하게 가슴에 울려왔다.

젊은 시절에는 지하 단칸방에 살았다. 가난과 궁핍에 찌들었던 시절, 저녁에 일을 마치고 집으로 돌아오면 귀여운 꼬맹이 딸과 아들이 "아빠!" 하고 달려나왔다. 아이들이 나를 부르는 이 소리가 얼마나 좋은지 가슴이 벅차왔다. "짜식들! 아빠 오는 것 어떻게 알았냐?" 그러자 "아빠 발자국 소리 우린 알고 있잖아!" 지금 생각해도 가슴이 뜨거워진다. 사랑할 가족이 있는 것은 더없이 행복한 일이다.

존 키블이 "가족들이 서로 주고받는 미소는 기분이 좋은 것이다. 특히 서로의 마음을 신뢰하고 있을 때 더욱 그렇다"라고 말했다. 가족이 행복하려면 웃음이 살아나야 한다. 서로 격려해주며 의지하며 살아야 한다.

어느 날 저녁 늦게 강의를 마치고 현관문을 열고 집에 들어가는데 아들과 눈이 마주쳤다. 아들이 웃으며 말했다. "아버지! 내 가슴에 안겨봐!" 나는 웃으며 아들 가슴에 안겼다. 아들은 나를 번쩍 들더니 엉덩이를 몇 번 치곤 껄껄 웃으며 말했다. "우리 아버지 다 컸네!" 나는 아들과 한참이나 웃고 서로 행복해했다. 아들도 나를 닮아서 유머 감각이 풍부해서 좋다.

토니 험프리스는 "가족에게는 울타리가 있어야 한다. 그것은 '한 가족'이라는 소속감을 갖게 하고, 가족의 문턱을 아무나 넘어 들어오지 못하게 막아주는 장벽이 된다"라고 말했다. 가족은 행복이라는 사랑의 울타리가 있어야 한다. 가족의 행복만큼은 빼앗겨서는 안 된다. 가족의 이름은 언제 불러도 좋다. 가족의 사랑은 이 세상을 아름답게 하는 초석이다.

살다 보면 행복하고 기쁨이 넘치고 좋을 때도 많지만 힘들고 벅차고 어려울 때도 많다. 부부가 힘들 때 하면 좋은 말이 있다. "여보, 나 있잖아" 아주 짧은 표현이지만 정감 있고 신뢰를 주는 말이다. 영국 속담에 "성공할 사람은 먼저 아내에게 묻는다"라는 말이 있다. 부부가 신뢰하며 산다는 것은 축복 중의 축복이다. 어떤 행복도 부부와 가족의 행복을 뛰어넘을 수는 없다.

부부 생활은 산맥과 같다. 높은 곳도 있고 낮은 곳도 있다. 실패할 때도 있고 성공할 때도 있다. 결혼 생활의 행복은 평생을 두고 익어가는 과일이다. 아무리 힘들고 어렵더라도 마음이 바짝 마르게 살지 말자. 마음이 정으로 가득해야 한다. 북미 인디언 가족의 전통적인 인사말이

"당신이 있어서 고맙습니다"라고 한다. 사랑하는 아내에게, 남편에게, 가족에게, 주변 사람들에게 해주면 참 좋은 말이다. "당신이 있어서 고맙습니다."

하늘 아래
행복한 곳은
나의 사랑 나의 아이들이 있는 곳입니다

한가슴에 안고
온 천지를 돌며 춤추어도 좋을
나의 아이들

이토록 살아보아도
살기 어려운 세상
평생 이루어야 할 꿈이라도 깨어
사랑을 주겠습니다

어설픈 아비의 모습이 싫어
커다란 목소리로 말하지만
애정의 목소리를 더 잘 듣는 것을

가족을 위하여
목숨을 뿌리더라도
고통을 웃음으로 답하며
꿋꿋이 서 있는 아버지의

건강한 모습을 보이겠습니다

– 「가족」

삶을 복되게 살자. 복은 삶에서 누리는 좋고 만족할 만한 행운이다.
삶에서 얻는 행복이다. 처복은 훌륭한 아내를 맞이하는 복이다. 아내
덕분에 누리는 복이다. '여보'라는 말은 '보배와 같은 사람如寶'이라는
뜻이다. '당신'이라는 말은 마땅할 당當, 몸 신身, '당신은 내 몸과 같다'
는 뜻이다. 부부 사랑은 둘이 만드는 단 하나의 사랑이다. 남에게는 친
절히 배려하면서 가족들에게 차갑게 대하는 것은 큰 잘못이다. 가족을
사랑할 줄 모르는 어리석고 못난 짓이다. 가족에게 잘하고 다른 사람
에게 잘할 때 조화가 잘 이루어진다. 이 세상에 내가 사랑하는 사람과
함께 사는 것보다 더한 행복은 없다.

나의 눈이
그대를 향해 있음이
얼마나 놀라운 축복입니까

세상에 수많은 사람이 살고 있지만
나를 사랑으로
감동시킬 수 있는 사람은
그대밖에 없습니다

나 언제나
그대의 숨결 안에 있을 수 있음이
날마다 행복하기에

나 언제나
그대의 속삭임에 기쁨이 넘치기에

이 세상의 그 누구보다
멋진 사랑을 펼치고 싶습니다

그대는 내 마음의
틈새를 열고 들어와
나를 사랑으로 점령하고 말았습니다

우리들의 사랑은
이 세상에 하나뿐인
둘이 만드는
단 하나의 사랑입니다

　-「둘이 만드는 단 하나의 사랑」

　행복은 먼 곳에 있지 않다. 가장 가까운 곳에 있다. 가정이 행복한 사
람들은 어디서든지 행복을 전한다. 사람들은 누구나 행복을 누릴 권리
가 있다. 지나친 욕망으로 거대한 행복을 찾지 말아야 한다. 기포드 핀
쇼는 "나는 자연을 주인으로 만드는 어떤 공동체 안에서 글을 쓰거나
그림을 그리거나 뭔가를 만들거나 집을 짓는다. 그곳 사람들과 대화하
고 서로 관심을 갖고 서로의 말에 깊이 귀를 기울인다. 거기서는 내가
모든 것과 하나로 연결되어 있는 기분이 든다. 내 안의 모든 짐을 풀어
놓는 듯한 느낌이다"라고 말했다. 생활 속에서 잔잔한 즐거움을 좋아
하고 아주 작은 행복도 기뻐하며 사는 일이 복이다. 돈보다 중요한 것

은 정이 넘치고 다정다감하게 사는 것이다. 행복은 말이 아니라 행동
이다. 행복하게 살아야 행복을 노래할 수 있다. 시인은 행복을 찾아내
어 행복한 노래를 해야 한다.

삶이란 바다에 잔잔한 파도가
치고 있다는 것이다

사랑하는 사람과 함께할 수 있어
낭만이 흐르고 음악이 흐르는 곳에서
서로의 눈빛을 통하며
함께 커피를 마실 수 있고
흐르는 계절을 따라
사랑의 거리를 함께 정답게 걸으며
하고픈 이야기를 정답게 나눌 수 있다는 것이다

사랑하는 사람과 한집에 살아
신발을 나란히 놓을 수 있으며
마주 바라보며 식사를 할 수 있고
잠자리를 함께하며
편안히 눕고 깨어날 수 있다는 것이다

서로를 소유할 수 있으며
서로가 원하는 것을 나누며
함께 꿈을 이루어가며
기쁨과 사랑이 충만하다는 것이다

행복을 느낄 수 있다는 것은
보이지 않는 삶의 울타리 안에
편안함이 가득하다는 것이다

삶이란
들판에 거세지 않게
가슴을 잔잔히 흔들어놓는
바람이 불고 있다는 것이다

    - 「행복을 느낄 수 있다는 것은」

"아내가 예뻐 보일 때가 행복하다"라는 말이 있다. 사랑은 표현해야 한다. 꽃은 피어야 하고, 비는 내려야 하고, 바람은 불어야 한다. 부부 사이에는 대화 속에서 사랑이 따뜻하고 아름답게 표현된다. 사랑의 대화는 깊은 관심을 갖게 한다. 요즘 나는 아침에 일어나서 아내와 눈이 마주치면 개구쟁이처럼 아내에게 "밤새 보고 싶었지?" 하고 말한다. 이 말을 들은 아내는 마구 웃으며 고개를 흔든다. 아내의 얼굴에 웃음이 가득하다. 아내가 웃는 모습에서 행복을 읽어 내린다. 행복한 결혼 생활의 비결은 서로 양보하고 감싸주고 이해하는 것이다. 부부는 삶이란 여행의 동반자다. 영혼이 깃든 순수한 사랑을 해야 한다.

  사랑이 깨지는 것은 서로가 신뢰하지 않기 때문이다. 서로 숨기고 변명하고 거짓을 꾸미면 진실한 사랑을 할 수 없다. 부족하면 채워주고 넘치면 나누어야 한다. 나는 매일 아침을 향기 좋은 한 잔의 커피로 시작한다. 아내가 타주는 커피로 시작되는 아침은 기분이 좋다. 영국 속담에 "결혼은 슬픔을 절반으로 기쁨은 두 배로 생활비는 네 배로 만들어준다"라는 말이 있다. 결혼은 기쁨도 주지만 그에 따르는 책임도 막중하다. 부부의 사랑은 가정을 평안한 안식처로 만든다. 집안을 늘 편안하고 행복하게 하는 것은 가족의 노력에 의해서 유지된다.

부부는 함께한 세월이 길수록 점점 닮아간다. 아내도 유머가 넘친다. 어느 날 아내가 잠들어 있는 모습을 보고 있는데 자다가 눈을 뜨더니 "잠자는 것만 보고 있어도 예쁘지!"라고 말했다. 우리는 서로 바라보며 웃고 말았다. 결혼 초기에는 서로가 다른 것이 너무나 많음을 느꼈다. 의견 차이도 있고 다툼도 잦았다. 하지만 살면 살수록 서로를 이해하고 닮아가는 것을 느낀다. 좋아하는 음식도, 영화 취향도, 생각도 점점 가까워지고 거리가 좁혀진다. 한번은 아내와 함께 아침 일찍 조조 영화를 보러 갔다. 종로에 있는 영화관이었는데 영화 시작 시간이 다 되었는데도 극장 안에는 우리 둘밖에 없었다. 이때를 놓칠세라 아내에게 "여보! 당신을 위해서 극장을 통째로 빌렸어!"라고 말했다. 아내는 또 방긋 웃고 말았다. 비록 아쉽게도 나중에 한 사람이 더 들어오긴 했지만 즐거운 시간을 보냈다.

어떤 사람은 "삶이 너무 뻔하다"라고 말한다. 삶이 재미가 없이 흘러만 간다고 생각한다. 삶은 모자이크와 같다. 어떤 모습으로 어떻게 만드느냐에 따라서 행복해질 수도 있고 불행해질 수도 있다. 삶이 뻔하다고 생각되면 재미있고 즐겁게 만들면 된다. 생각과 의식을 바꾸고 목적을 분명히 하고 살아야 한다. "결혼 전에는 눈을 크게 뜨고 결혼 후에는 반쯤 닫아라. 결혼의 3할은 사랑이고 7할은 용서다"라는 말이 있다. 참을성과 인내력을 가지면 어떤 고난도 이겨낼 수 있다.

행복한 결혼 생활의 비결은 삶의 변화에 따라 환경에 적응하는 법을 배우는 것이다. 끊임없이 서로를 돕고 사는 데 있다. 행복한 결혼 생활은 한순간을 평가하는 것이 아니다. 평생을 두고 말하는 것이다. 행복한 결혼 생활에서 부부는 친구와 같은 관계가 된다. 부부의 사랑은 사계절 동안 꽃피워도 좋을 사랑이다.

내가 사랑하는 사람아
이 한목숨 다하는 날까지
사랑하여도 좋을 나의 사람아

봄, 여름, 가을, 겨울
그 모든 날들이 다 지나도록
사랑하여도 좋을 나의 사람아

내가 사랑하는 사람아
내 눈에 항상 있고
내 가슴에 있어
내 심장과 함께 뛰어
늘 그리움으로 가득하게 하는
내가 사랑하는 사람아

날마다 보고 싶고
날마다 부르고 싶고
늘 함께 있어도 더 함께 있고 싶어
사랑의 날들이 평생이라 하여도
더 사랑하고 싶고
또다시 사랑하고 싶은
내가 사랑하는 사람아

- 「내가 사랑하는 사람아」

부부는 진실한 마음으로 사랑해야 한다. 함께 즐거워하며 어울림으로 살아야 한다. 서로 필요한 것을 채워줄 수 있는 마음을 가져야 한다. 사랑하는 부부라면 눈빛 하나만으로도 충분히 서로를 알 수 있다. 세월이 흘러가면서 반복되는 언어와 행동들에 지루함과 권태감을 느낄 수도 있다. 행복한 부부가 되려면 항상 생동감 있게 살 수 있도록 노력해야 한다. 갈등 없는 부부는 없다. 부부 사이에는 성격 차이, 의견 차이가 있을 수 있다. 그럴 때면 서로 상대방의 입장에서 이해하고 용서하고 부족한 부분은 감싸주어야 한다. 우리 아들, 딸은 항상 아내 편이다. 하루는 아내에게 "아니, 여보! 내가 아이들한테 더 잘해주는데 왜 전부 다 당신 편이야?"라고 물었다. 이 말을 들은 아내가 손짓으로 방 안으로 들어오라고 하더니 말했다. "애들이 내 편이면 어때요! 내가 당신 편이면 되죠!" 아내의 말을 듣고 가슴이 따뜻해졌다. 말 한마디가 행복을 준다. 그리고 아내가 마음이 넓고 따뜻하다는 걸 새삼 느꼈다. 진정 사랑하기를 원한다면 갈등을 오히려 서로 깊이 알게 되는 계기로 삼아야 한다. 이 세상에 완전한 사랑은 없다. 사랑은 살아가는 날 동안 부족함을 채워가는 것이다. 황혼이 짙어갈 때 채워가는 사랑이 행복하다. 부부가 행복하면 나이가 들어갈수록 바라보는 사람도 즐거워진다. 어느 날 아내의 손을 꼭 잡고 "여보! 당신 덕분에 행복해!"라고 말했다. 그러자 아내가 내 손을 다시 잡아주며 "나도 당신이 있어서 행복해요!"라고 말했다. 사랑은 용기와 힘을 준다.

권태기에 들어서면 삶이 시들해져서 싫증을 느끼고 삶에 활력을 잃는다. 권태기는 마음이 텅 빈 것같이 공허할 때 찾아온다. 열심히 살아왔는데 남은 것이 아무것도 없다는 생각이 들 때 생긴다. 나는 지금 무엇인가, 뒷바라지하느라고 애썼는데 돌아온 것은 무엇인가, 하는 생각이 들 때 자신의 삶에 실망을 느낀다. 권태기는 누구에게나 찾아오지만 극복하려고 노력하면 전보다 행복하고 기쁜 삶을 살 수 있다. 위기가 닥칠 때 서로 약점을 캐지 말고 사랑과 배려로 이해해주어야 한다. 작은 일에도 칭찬을 아끼지 않는 습관이 진정한 사랑을 만든다.

"첫사랑이 잘살면 배가 아프고, 첫사랑이 못살면 가슴이 아프고, 첫사랑이 내 남편이면 머리가 아프다"라는 유머가 있다. 부부 사이가 좋아야 세상 살맛도 나고 일도 잘된다. 권태기를 극복하고 싶다면 서로 마음을 나누는 시간을 갖자. 유머와 낭만과 여유가 필요하다. 영화, 여행, 산책, 커피 한잔의 여유를 가지며 대화를 자주 나누어야 한다. 부부의 진정한 의미는 평생 서로 맞추어가는 것이다. 고객을 맞이하듯이 친절과 배려의 마음으로 살아야 행복하다.

내가 좋아하는 이
이 지상에 함께 살고 있음은
행복한 일입니다

우리가 태어남은
서로의 만남을 위함입니다

삶이
외로울 때
허전할 때
지쳐 있을 때

오랫동안 함께 있어도
편안하고 힘이 솟기에

이야기를 나누며 마음껏 웃을 수 있는
내가 좋아하는 이 있음은
신나는 일입니다

온종일 떠올려도 기분이 좋고
늘 사랑의 줄로 동여매 놓고 싶어
내 마음에 가득 차오르는 이

내가 좋아하는 이
이 지상에 살고 있음은
기쁜 일입니다

나를 좋아하는 이 있음은
두 팔로 가슴을 안고
환호하고 싶을 정도로
감동스러운 일입니다
 - 「내가 좋아하는 이」

삶은 누구에게나 주어진 선물이다. 시인의 삶도 하늘의 선물이다.
시를 쓰면서 살 수 있으니 모든 것이 축복이다. 자신에게 주어진 삶과
소유를 나누며 즐겁게 살아야 한다. 시인은 시를 쓸 수 있는 선물을 받
은 만큼 그 선물을 독자들에게 나누어야 한다. 선물은 누구나 받고 싶
어 한다. 사랑의 선물을 주고받는 사람은 모두 다 행복하다. 사랑하는
이에게 주고 싶은 선물이 있고 받고 싶은 선물이 있다. 올해는 수많은
이가 주고 싶은 선물을 주고, 받고 싶은 선물을 받았으면 좋겠다. 레오

나르도 다 빈치는 "선물을 주는 것은 대개 선물을 받는 것보다 더 큰 기쁨을 준다. 선물은 절대로 틀에 박힌 것을 해서는 안 된다"라고 말했다. 선물은 내가 좋아하는 것, 내가 원하는 것이 아니라 상대방이 원하는 것, 상대방이 갖고 싶은 것을 해야 한다. 그래야 진정한 선물이 된다.

삶은 선물이고 축복이다. 아름답고 행복하게 살아야 할 이유가 여기에 있다. 삶을 가치 있고 보람 있게 살아야 한다. 그라시안은 "오래 살 뿐만 아니라 즐겁게 산다면, 그것은 두 번 사는 것이다. 그것은 다툼이 없는 평화로운 삶이 주는 선물이다"라고 말했다. 플로렌스 나이팅게일은 "주어진 삶을 살아라. 삶은 멋진 선물이다. 거기에 사소한 것은 아무것도 없다"라고 말했다. 삶을 선물로 받았다면 멋지게 살자. 사랑하는 사람들에게 사랑을 선물해야 한다. 그래야 삶은 가치 있고 풍요로워진다. 진정한 선물의 가치는 진실한 마음으로 주고받을 때 빛을 발한다. 가장 좋은 선물은 받은 사람이 오래 간직해도 좋은 것이다. 선물을 볼 때마다 준 사람에게 고마워할 수 있는 것이다. 소외되고 외로운 이들에게도 따뜻한 선물이 많이 배달되었으면 좋겠다.

나는 삶 속에서 가장 좋은 선물을 아내로부터 받았다. 결혼 초기 몇 년 동안 그 무엇도 제대로 할 수 없고 변변히 돈 한 푼 벌 수 없던 시절이 있었다. 하루는 직장에 다니던 아내가 내 지갑을 사주겠다며 백화점에 가자고 했다. 왜 지갑을 사주냐고 묻자 아내는 웃으며 "내가 당신에게 지갑을 사주면 당신에게 돈이 들어오기 시작할 거예요. 그보다 지갑을 사주는 더욱 중요한 이유는 당신의 심장 소리를 나만 들을 수 있기 때문이에요!"라고 말했다. 아내가 사준 지갑 덕분인지 몇 년 지나지 않아 내가 출간한 책이 베스트셀러가 되었다. 그 후 전국으로 강의를 하러 다니게 되었고 돈 걱정 하지 않고 살 수 있게 되었다. 나는 아내의 선물을 언제나 고마워한다. 사랑의 선물과 함께 축복해주는 말 한마디가 얼마나 중요한가를 알게 되었다. 나의 가슴에는 언제나 아내가 선물해준 지갑이 있다. 나는 아내 덕분에 행복하다. 내 가슴은 늘 아내의 사랑으로 따뜻하다.

오래전부터 나를 아는 듯이
내 마음을 활짝 열어본 듯이
내 마음을 읽어주는 사람

눈빛으로 마음으로
상처 깊은 고통도 다 알아주기에
마음 놓고 기대고 싶다

쓸쓸한 날이면 저녁에 만나
한잔의 커피를 마시면
모든 시름이 사라져버리고
어느 사이에 웃음이 가득해진다

늘 고립되고
외로움에 젖다가도
만나서 밤늦도록 이야기를 나누면
시간 가는 줄 모르고 즐겁다

어느 순간엔 나보다 날
더 잘 알고 있다고 여겨져

내 마음을 다 풀어놓고 만다

내 마음을 다 쏟아놓아도
하나도 남김없이 다 들어주기에
나의 피곤한 삶을 기대고 싶다

삶의 고통이 가득한 날도
항상 사랑으로 덮어주기에
내 마음이 참 편하다
  - 「내 마음을 읽어주는 사람」

　이 삭막한 세상에 마음을 알아주고 읽어주는 이 있다면 행복한 삶이
다. 다른 사람의 마음을 따뜻하게 읽어줄 수 있다면 넉넉한 마음이다.
아우렐리우스가 "다른 사람의 속마음으로 들어가라. 그리고 다른 사람
으로 하여금 당신의 속마음으로 들어오도록 하라"라고 말했다. 자신
이 먼저 관심을 가질 때 다른 사람에게 관심을 받을 수 있다. 관심은
긍정적인 마음에서 시작된다. 항상 긍정적인 마음을 갖고 살아가기란
그리 쉽지가 않다. 어느 순간 의기소침해지고 세상살이에 자신이 없어
진다. 그럴 때면 우울 속에 빠지게 되고 의욕이 사라지고 짜증이 나게
된다. 마음속 깊은 곳에서부터 긍정의 힘을 끄집어내야 한다. 긍정적
인 마음은 따뜻한 온기를 만들어낸다. 따뜻한 마음을 가진 사람들 중
에는 긍정적인 사람이 많다. 부정적인 사람은 말투나 행동이 언제나 부
정적이다.
　막심 고리키는 "일이 즐거우면 인생은 낙원이지만 일이 의무에 불과
하면 인생은 지옥이다"라고 말했다. 일을 할 때 복잡한 생각이 정신을

지배하는 이유는 불안하기 때문이다. 성취감을 맛보지 못한 사람들이 늘 조급해하고 초조해한다. 중요하지 않은 일에 분노하거나 서둘러서 자신의 능력을 낭비하는 일이 많다. 차분한 마음을 갖는다면 많은 일을 해낼 수 있다. 마음이 편안해질 때 삶에 활력이 넘친다.

삶을 살아가는 동안 다양한 사람들과 관계를 유지한다. 평생 친구를 만나기도 하고 서로 상처를 주고받는 일이 생기기도 한다. 서로의 마음을 읽어주고 친밀한 관계를 유지하기 위해서는 시간을 들여야 한다. 사랑하고 이해하는 마음이 없으면 상대방을 사로잡을 수 없다.

미국의 시인 롱펠로는 하버드 대학에서 근대어를 가르치며 낭만적인 사랑의 시를 써서 대중적인 사랑을 받았다. 세월이 흘러 롱펠로의 머리카락도 하얗게 세었지만 안색이나 피부는 청년처럼 싱그러웠다. 하루는 친구가 나이보다 젊어 보이는 롱펠로에게 물었다. "여보게, 친구! 오랜만이군. 그런데 자네는 여전히 젊군그래. 이렇게 젊어 보이는 비결이 무엇인가?" 이 말을 들은 롱펠로는 정원에 있는 커다란 나무 쪽으로 시선을 옮기며 말했다. "저 나무를 보게. 이제는 늙은 나무지. 그러나 저렇게 꽃도 피우고 열매도 맺는다네. 그것이 가능한 것은 저 나무가 매일 조금이라도 성장하고 있기 때문이야. 나도 그렇다네. 나이가 들었어도 매일매일 성장한다는 마음가짐으로 살아가고 있다네"라고 말했다.

날마다 인격이 성장한다면 마음도 넓어져서 주변 사람들의 마음을 편하게 해준다. 스탕달은 "마음을 정결하게 하여 모든 증오의 감정을 멀리하면 젊음을 오래 보존할 수 있다"라고 말했다. 현대인들의 특징이 무관심, 무목적, 무의식이라고 한다. 세상에는 언제나 상대의 마음을 읽어주는 사람들이 있다. 그들 덕분에 평화가 존재하고 살아갈 수 있는 힘이 생긴다. 자신의 마음을 잘 읽어 내리고 다른 사람의 마음도 읽어주어야 한다. 윌킨슨이 "당신의 마음속으로 들어가서 당신이 무엇인지, 그리고 무엇이 될 것인지 읽어보라"라고 말했다. 헤르만 헤세는 "마음속에는 언제라도 숨을 수 있고 본래의 자기 모습을 되찾을 수 있는 안식처와 평화가 있다"라고 말했다. 과거에 얽매여 있으면 변화는 결코 일어나지 않는다. 젊은이는 미래를 말하고 노인은 과거를 회상하며 산다. 나이가 들수록 젊은 사람을 만나야 젊게 살 수 있다. 젊게 살고 싶다면 과거에 얽매여 살지 말고 과거를 던져버려라. 과거는 교훈과 경험은 주지만 꿈을 이루어주지는 않는다. 이 말을 기억하자. "흘러간 물은 물레방아를 돌리지 못한다." "오늘은 어제 죽어간 사람이 그토록 원했던 내일이다." "오늘은 내 남은 인생의 첫날이다."

나의 삶에서
너를 만남이 행복하다

내 가슴에 새겨진
너의 흔적들은
이 세상에서 내가 가질 수 있는
가장 아름다운 것이다

나의 삶의 길은
언제나
너를 만나러 가는 길이다

그리움으로 수놓은 길
이 길은 내 마지막 숨을 몰아쉴 때도

내가 사랑해야 할 길이다

이 지상에서
내가 만난 가장 행복한 길
늘 가고 싶은 길은
너를 만나러 가는 길이다
　－「너를 만나러 가는 길」

　과거에 집착해 매달려 있는 사람은 미래를 향해 달려갈 힘을 잃어버린다. 과거에 아무리 깊이 몰두해 생각에 잠겨도 쓸데없는 잡동사니를 끌어안고 살면 아무런 변화가 일어나지 않는다. 낡은 흔적 속에 남아 있는 과거에 매달려 사는 것은 어리석은 일이다. 미래로 달려 나갈 시간도 짧기만 하다. 미래를 말하고 미래를 소통하자.
　호세 오르테가 이 가세트는 "삶은 우리가 무엇을 하며 살아왔는가의 합계가 아니라, 우리가 무엇을 절실하게 희망해왔는가의 합계다"라고 말했다. 아직도 수많은 사람이 과거에 매달려 살고 있다. 꿈도 없고 희망도 없이 나약해져 매사에 근심과 걱정만 쌓아놓고 산다. 우리는 마음을 바꾸어야 한다. 실패를 하더라도 좌절하기보다는 좋은 경험을 했다고 생각하는 것이다. 내일의 희망을 말하는 사람을 만나면 신바람이 난다. 데일 카네기는 "아무리 괴롭더라도 현실을 뚜렷이 직시하고 목표를 확고히 정해야 한다. 일단 목표가 정해지면 모든 시간을 그 목표를 위해 쏟아부어라. 자기의 결심이 옳으면 귀중한 시간을 낭비하지 마라. 무조건 관철하고 보아라!"라고 말했다. 내일을 만들어가는 사람은 목표가 분명하기에 삶에 활기가 넘친다. 그런 사람을 만나면 멋지게 살고 싶다. 대학 시절 마르크스는 네 살 연상이었던 예니를 사랑하여 밤

낮으로 시를 썼다고 한다. 누군가를 사랑하는 마음을 시로 쓸 수 있다면 멋진 삶이다.

너를 만나면
눈인사를 나눌 때부터
재미가 넘친다

짧은 유머에도
깔깔 웃어주는 너의 모습이
내 마음을 간질인다

너를 만나면
나는 영웅이라도 된 듯
큰 소리로 떠들어댄다

너를 만나면
어지럽게 맴돌다 지쳐 있던
나의 마음에 생기가 돌아
더 멋지게 살고 싶어진다

너를 만나면
온 세상에 아무런 부러울 것이 없다
나는 너를 만날 수 있어
신난다

너를 만나면

더 멋지게 살고 싶어진다

   - 「너를 만나면 더 멋지게 살고 싶다」

04

추억 하나쯤은

"사랑을 깨우쳐 알고 있는 시인만이 진실로 세상을 사랑할 수 있다"라는 말이 있다. 사랑이 없는 문학에는 생명이 없다. 시, 소설, 수필, 영화, 연극, 조각 등 모든 예술을 짜 내리면 사랑이 쏟아진다. 삶이 곧 사랑이다. 이동순 시인은 "바람에 찢긴 돛처럼 너풀거리는 세상을 하나로 꿰맬 수 있는 바늘은 오직 사랑뿐이다"라고 노래했다.

문학은 인간의 사상과 감정을 언어로 표현하는 것이다. 문학은 접하는 이들에게 즐거움을 준다. 읽는 즐거움이 없는 문학은 독자들이 좋아하지 않고 찾지 않는다. 아무리 위대한 사상이나 의미를 내포한다 해도 읽는 즐거움이나 깨달음을 주지 못한다면 위대한 문학이라고 할 수 없다.

오랜 역사 속에 관심을 받아온 문학 작품의 주제는 사랑이다. 전 세계적으로 애송되는 시도 사랑을 노래한 것이다. 소설도 마찬가지다. 성경도 하나님의 인간을 향한 사랑을 주제로 한다. 삶에 사랑이 없다면 살아갈 가치가 없다. 사랑을 위해 자신의 모든 것을 포기하는 사람도 있을 정도로 사람들은 사랑을 위해서 살아간다.

사랑이 없으면 한순간도 사람답게 살아갈 수가 없다. 사랑은 친밀감을 갖게 하고, 열정을 갖게 한다. 사랑하는 마음의 표현은 문학의 형태로도 나타난다. 문학은 작가의 마음이다. 진정 사랑을 아는 사람이 사랑의 글을 쓸 수 있다.

황금찬 시인은 『나무와 계절』 시집 서문에서 "시는 인격이어야 한다. 그리고 윤리이며, 또한 도덕이다. 시는 사랑이다. 시가 사랑을 내포하지 않으면 시가 될 수 없다"라고 말했다. 시인과 사랑은 절대로 뗄 수 없는 가장 친밀한 관계다.

시인이라면 시로써 자신의 삶을 표현해야 한다. 헨리 워드 비처는 "생각하는 것이 표현될 때까지는 명료하지 않다. 우리가 생각한 것에 대해 쓰거나 말하거나 행위로 나타내지 않으면 그것들 중 반쯤은 마비된 상태인 것이다. 우리의 감정은 구름과 같아서 비로 내려질 때까지는 꽃 피우거나 열매 맺게 할 수 없기에 표현해야만 한다. 우리의 내부에 있는 모든 느낌은 표현함으로 발전되는 것이다. 생각은 씨요, 말은 꽃이며, 행위는 열매다"라고 말했다.

눈 뜨면 보이지 않는
그대가
눈 감으면
어느 사이에
내 곁에 와 있습니다
　　　　　－「혼자 생각」

삶에는 그리움이 가득하다. 그리움이 없는 삶에는 낭만도 멋도 없다. 가슴속에 그리움을 하나씩 등불처럼 켜놓고 살아야 삶이 더욱더 빛을 발한다. 사랑을 하면 그리움이 가슴에 가득해진다. 삶 속에서 그리움은 한 폭의 그림을 만들고 사랑을 그려놓는다. 어느 해 가족들과 동유럽 여행을 떠났을 때다. 일행 중 70세 된 의사 선생님이 있었는데 다함께 연주회에 참석했었다. 연주회가 끝난 후 그분은 "먼 나라로 여행을 와서 연주회에 참석하니 참 좋다"라는 말과 함께 "작년에 아내와 함께 여행을 오기로 했는데 아내가 세상을 떠났다. 있을 때 잘할 걸 그랬다"라는 말을 덧붙였다. 그분은 노래를 한 곡 부르고 싶다면서 그리움이 가득한 노래를 불렀는데 눈물이 목소리에까지 젖어왔다. 물론 듣고 있는 내 가슴도 촉촉이 젖어왔다. 못다 한 사랑이 가슴에 한이 되어 강처럼 흘러내렸다. 사랑하는 사람이 떠난 후에는 사랑이 더 간절하고 애처롭다. 떠난 후에 후회하지 말고 함께할 때 베풀며 있을 때 잘하자. 세월이 흘러가도 그리움은 남는다. 홀로 남을 때 얼마나 외로운가. 다시는 돌아올 수 없음이 그리움이 되어 삶에 가득해진다. 영화 〈철도원〉에 "그리움을 놓치지 않으면 꿈이 이루어진다"라는 대사가 있다. 삶에 마침표를 찍을 때까지 서로 후회 없는 사랑을 하며 살자. 아무리 사랑한다고 해도 눈에서 멀어지면 마음에서도 멀어지게 되어 있다. 건강도 돈도 명예도 부질없는 날이 오고야 만다. 사랑은 허물조차 덮어주는 아름다운 마음을 만든다.

사랑이 그리움뿐이라면
시작도 아니했습니다

오랜 기다림은
차라리 통곡입니다

일생토록 보고 싶다는 말보다는
지금이라도 달려와
웃음으로 달려와
웃음으로 우뚝 서 계셨으면 좋겠습니다

수없는 변명보다는
괴로울지언정
진실이 좋겠습니다
당신의 거짓을 볼 때는
타인보다 싫습니다

하얀 백지에 글보다는
당신을 보고 있으면
햇살처럼 가슴에 비쳐옵니다

사랑도
싹이 나 자라고
꽃 피어 열매 맺는 사과나무처럼
계절 따라 느끼며 사는 행복뿐일 줄 알았습니다

사랑에
이별이 있었다면
시작도 아니했습니다

－「사랑이 그리움뿐이라면」

　잠자리에 들 무렵 까닭 없이 이유도 없이 가슴이 미어지도록 슬퍼서 눈물이 날 때가 있다. 세월의 언덕을 오르내리면서 꿈에 기대어 살며, 세월 속을 달음질치며 살아온 세월이 너무나 훌쩍 흘러가서 허무함이 가득해 눈물이 쏟아진다. 가슴에 고인 그리움이 흐느낌으로 터져 나오는 것이다. 사람들은 누구나 그리움 속에 살아간다. 그리운 이를 사랑하고 사는 것은 행복한 일이다. 삶은 그리움의 연속이고 그리움이 곧 삶이다. 그리움은 내일을 기대하게 하고 오늘을 만족하게 한다. 누구도 영원히 살 수 없다. 날마다 순간마다 최선을 다해서 사는 것이 부끄러움이 없고 후회가 없는 삶을 사는 것이다.

늘 그리움의 고개를
넘어오는 사람이 있습니다

기다리는 내 마음을 알고 있다면
고독에 갇혀
홀로 절망하지는 않을 것입니다

마지막이어야 할 순간까지
우리의 사랑은
끝날 수 없고 끝나지 않을 것입니다

막연한 기다림이
어리석은 슬픔뿐이라는 걸 알고 있지만
그리움이 심장에 꽂혀
온 가슴을 적셔와도 잘 견딜 수 있습니다

그대를 사랑하는 내 마음
그대로 그대에게 전해질 것을 알기에
끈질기게 기다리며
그리움의 그늘을 벗겨내지 못합니다

내 마음은 그대 외에는
그 누구에게도 정착할 수 없습니다
밀려오는 그리움을 감당할 수 없어
수많은 시간을 아파하면서도
미친 듯이 그대를 찾아다녔습니다

내 사랑은 외길이라
나는 언제나 그대에게로 가는
길밖에 모릅니다
내 마음은 늘 그대로 인해 따뜻합니다

우리 만나면 그리움의 가지가지마다
우리의 사랑이 만발하는
아름다운 풍경을 만들겠습니다

– 「늘 그리운 사람」

그리움에는 대상이 있다. 누군가 보고 싶은 대상이 있을 때 그리움
은 시작된다. 사람은 평생 그리워할 대상을 만들고 그리워하다가 떠
난다. 그리움은 삶에 힘이 되고 용기가 되고 희망이 된다. 사랑하는
사람도 때로는 떠난다. 붙잡을 수 없도록 멀어진다. 계절은 다시 찾아
오고 꽃도 피지만 떠나간 사람은 다시 돌아오지 않는다. 문득 외롭고
쓸쓸하더라도 잊어야 할 것이라면 잊어야 한다. 그리움도 훌훌 털어
버려야 할 때가 있다. 구자덕 시인은 "사람은 아름다운 것을 보고 아
름답다 표현해야 하고 사랑하는 사람에게 사랑한다고 말할 수 있어야
한다. 또 어떤 대상에 대해 그리움을 말할 수 없다면 모두 불행하지 않

을까"라고 말했다. 좋아할 것도 그리워할 것도 없다면 무슨 이유로 살
수 있을까? 시인은 그리움의 대상을 시로 쓴다. 그리움은 표현해야 이
루어진다.

누군가를
사랑한다는 것은

마음속에
그 사람이
가득 차오르는 것이다

누군가를
사랑한다는 것은

나를 버리고
그를 따라
나서는 것이다

누군가를
사랑한다는 것은

그로 인해
기뻐하고 슬퍼하는 것이다
- 「누군가를 사랑한다는 것은」

05

내일을 향한 발걸음

삶 속에서 아픔을 겪고 나면 더 가치 있는 인생을 살고 싶어진다. 죽은 것들은 아픔과 고통을 느낄 수 없다. 살아 있기에 아픔과 절망과 고독을 느낄 수 있다. 절망적이고 지독한 고독을 거친 사람들이 명작을 만든다. 처절한 아픔과 고통이 인생을 성숙하게 한다. 고통과 아픔을 모르고 순탄하게 살아온 사람은 삶의 진가를 모른다. 땀을 흘려 거둔 가치는 쉽게 사라지지 않는다. 아픔과 고통은 성숙이라는 선물을 안겨다 준다. 칼린 터너는 "아픔을 사라지게 할 힘이 당신 자신 속에 있는지 조용히 정직한 목소리에 귀를 기울여 보라"라고 말했다. 아픔을 아픔으로 끝내면 병이 되지만 그것을 이겨내면 힘 있고 강한 삶을 살 수 있다.

문정희 시인은 시집 『꿈꾸는 눈썹』 서문에서 "나의 시 속에는 내가 살아온 날들의 뼈와 눈물이 박혀 있다. 어떤 이유로든 내게서 태어난 시들이므로 모두가 가련하고 사랑스럽다"라고 말했다. 시인은 누구나 자신의 삶의 아픔과 절망과 사랑을 노래한다. 절망의 감옥에서 쓰인 세계적인 명작들도 많다. 죽음과 절망의 사선을 넘어 위대한 작가가 된 사람들도 너무나 많다. 누구에게나 삶 속에서 쓰러지고 넘어지는 것은 실패와 고통이지만 일어나는 것은 희망이고 도전이다. 삶에서 절망과 고통과 시련의 시절을 이겨내야 인생을 걸작으로 만들 수 있다. 비바람이 몰아치는 날이 있기에 화창한 날이 더욱 값진 날이 된다.

영국의 화가 터너의 작품 가운데 〈바다와 폭풍우〉라는 그림이 있다.

그는 그림을 그리기 위해 남다른 경험을 했다. 폭풍우가 몰아치는 어느 날 배에 오른 것이다. 화실에 틀어박혀서는 폭풍우가 몰아치는 바다를 제대로 그릴 수가 없었다. 그는 배를 집어삼킬 듯한 거센 풍랑과 싸우면서 휘몰아치는 폭풍을 눈으로 확인했다. 그런 후에 화실로 돌아와 그림을 그렸는데 이전에 그린 그 어떤 그림보다 훨씬 생동감이 넘쳤다. 작가가 겪고 체험한 고통과 아픔에는 반드시 보상이 뒤따른다.

러셀은 "사람은 누구나 원하는바 어떠한 사업 또는 어떠한 목적에 대한 열정과 희망이 있다. 그 열정과 희망이 깨졌을 때 불행에 빠진다. 당신의 희망과 뜻을 파괴하는 망치가 바로 당신의 그릇된 세계관이나 인생관 속에 있었던 것이다. 그릇된 도덕관, 그릇된 생활 습관에서 그 원인을 깨달을 필요가 있다"라고 말했다. 절망과 시련과 아픔을 치유해주는 것이 희망이다. 희망은 어두운 밤에서 벗어나 새벽에 떠오르는 태양이다. 언제나 행복만을 원할 수는 없다. 삶에는 괴로움도 있다. 고통을 이겨내기 위한 전력 질주가 필요하고 때로는 투쟁이 필요하다. 고통과 절망을 두려워하지 말고 슬퍼하지도 말자. 인내하며 이겨내야 한다. 삶 속에는 항상 희망이 기다리고 있다. 휘트먼은 "나도 다른 누구도 당신의 길을 대신 가줄 수 없다. 그 길은 당신 스스로가 가야 한다"라고 말했다. 희망 속에 사는 시인은 힘들고 어려웠던 시기를 시로 표현한다.

장터에 살아가는 모습을 펼쳐놓은 아낙네
낯선 땅 하루하루
고달픈 육신 묻고 가니
야윈 어깨 천근만근 짓눌린다

핏덩이들 키워가며 느는 욕설에
입심만 거세다 소문나고
맨몸뚱이 하나로 세상을 사니
거미줄 쳐진 빚더미에
저당 잡힌 목숨 누가 알까

시장통에 선심 쓰듯 내놓은 일숫돈
아쉬움에 받아 쓰면
피고름 짜듯
한 날 한 날 눈물 절인 돈 받아 가며
구제라도 한 듯 설치는 일수쟁이들

목돈 꾸는 날
인심 사나운 세상에
고맙고 반가워 한순간 좋았으나
이리저리 갈라놓고 나면
언 가슴에 살점 떼듯
두 눈 부릅뜬 남의 돈이 무섭다

장시간 한 푼 두 푼 돈주머니 넣기도 전에
도장 찍을 자리 하나하나 쌍불 켜고 달려들면
날아간다 날아간다
꿈도 희망도 날아간다

장사를 공치는 날은

깜박 조는 꿈자리에도 가위눌려
하루해가 병든 서방 누운 자리만큼 길고
중얼대는 넋두리엔
바람 타고 도망치고 싶다

신용 없이 애걸복걸 다시 얻은 돈
사방팔방 연줄 달려 모두 다 날아가면
언제나 남처럼 사나 푸념만 늘어간다

손님에게 굽실거리다 욕먹고
법 따지고 들면 코만 꿰는 세상
서글픈 팔자는
이래저래 손가락질만 당하고
울며불며 사는데
목숨줄로 매달린 자식
추스를 시간도 없이
애꿎은 세월은 잘도 가고
일수 장부에 남은 날은 많고 지난날은 적어
속 썩은 한숨에 눈마저 질퍽거린다

세상에는 많고 많은 돈이
저리도 돌고 도는데
어찌 내 손에만 들어오면 단숨에 날아가고
나에겐 머무를 주소 없이 헤매나
허탕만 온다

오늘 아침 아낙네는 신이 나는가
핏기 없는 얼굴도
노랫가락에 흥겹다

틈만 나면 자랑하던 자식 대학 가
몇 년만 기다리면
언덕 넘은 절벽 고생 끝이라고
웃는 아낙이 안쓰럽다

자식만은 자식만은
다시 꾼 일숫돈 손에 움켜쥐고
심장 짜듯 하늘을 본다

가난은 남기지 말아야지 넘기지 말아야지
아낙네 돌아가는
어두운 골목길이 피맺힌 눈물로 젖는다

　　　　　－「장터 아낙네」

　장터에는 수많은 사람의 삶의 애환이 있다. 늘 어두운 골목길에서 아
파하며 살아가는 사람들이 있다. 가난한 사람들이 사는 골목길에는 절
망이 가득하고 눈물과 아픔이 시궁창 물처럼 흘러내린다. 그 절망 속
에서도 내일을 바라보며 살아가기에 희망이 있는 것이다. 가난과 절망
이 찾아와도 마음을 단단히 먹고 살아가면 시련이 끊어질 날이 온다.
가난은 자꾸만 주눅이 들게 만든다. 눈물이 나고 가슴이 아프고 온몸
이 저려온다.

절망이 삶을 짓누를 때 힘들고 몹시 아프다. 희망이라는 말에 기대게 된다. 마르쿠스 아우렐리우스는 "절망하지 말라. 좋은 것들을 성취하고 싶은 마음은 간절하나 비록 성취하지 못한다 하더라도 낙담하지 말라. 혹시 쓰러지더라도 다시 일어서도록 노력하고 어려움을 극복하도록 노력하라. 모든 사건의 본질과 사물의 본질을 터득하라"라고 말했다. 절망에 빠져 있을 때 나약해지면 더 큰 불행에 빠지고 허약해질 뿐이다. 버튼의 말을 기억해야 한다. "절망하지 말라. 절망해도 절망 속에서 일하라." 현실에 절망하기보다는 내일에 희망을 갖고 살아야 한다. 삶을 억지로 산다고 생각하면 불행하다. 하지만 삶에 초대받았다고 생각하면 어떤 고난도 역경도 이겨낼 힘이 생긴다.

절망으로부터 많은 것을 배우고 내일을 향해 발걸음을 옮겨야 한다. 살다 보면 정말 아프고 힘들고 고통스러울 때 이제 끝인가 하고 반문하고 싶을 때가 있다. 하지만 기회는 다시 찾아오고 밝은 내일이 다가온다. 절망을 딛고 일어선 사람들이 사람답게 살아가는 사람이다. 절망은 극복하라고 찾아온다. 볼 수도 들을 수도 말할 수도 없었던 헬렌 켈러는 "태양을 보고 살아라! 그리하면 너의 그림자를 보지 못할 것이다!"라고 했다. 삶 속에 늘 질병처럼 따라다니는 어둠과 절망의 그림자만 보고 살면 안 된다. 우주의 중심에 떠 있는 희망의 태양을 바라보며 강한 열정으로 힘차게 살아야 한다.

김남조 시인은 시집 『희망 학습』의 서문에서 "시인이 침묵하는 동안에는 누구도 희망을 노래하지 않는다. 절망의 처방으로서의 희망이 처음엔 아주 작은 종자 속의 그것이더라도 지열로 태워 싹 틔운다면 마침내 강건한 줄들이 자라오르리라"라고 말했다. 시인은 절망과 고통 속에서 희망을 노래해야 한다. 어둠 속에서 빛을 노래하며 살아야 한다.

내 어머니는 손에 늘 초록 물감이
물들어 있던 야채 장수였다
맨몸으로 가난을 헤쳐 나가려고
늘 몸부림을 쳐야만 했다

돈 몇 푼 안 되는 야채들을 팔면서도 눈치를 살피고
서글픔에 정강이가 시려도
꺼져갈 듯한 삶을 살려내려는 애착만은 대단했다

온갖 시련이 찐득찐득 달라붙어도
응어리진 가슴이 팽팽하게 조여와도
쓰러질 듯 쓰러질 듯하면서도
늘 이겨냈다

피곤이 산처럼 쌓여와 무게를 견딜 수 없어
중풍에 쓰러졌어도
다섯 자식 눈앞에 아른거려
다시 일어났다

시시각각 턱까지 숨차게 다가오는 고난에
힘이 부쳐 늘 헐떡여야 하는
질기고 모진 목숨이었다

늘 짓밟히고 산 내 어머니 몸에선
가난이 떠나지 않아

핏줄까지 흘러내렸지만
자식들에게만은 흘러내리지 않기를 바랐다

- 「내 어머니는 야채 장수」

어느 시대든 삶이 고달픈 어둠에 내동댕이쳐진 사람들이 있다. 그들은 아무리 몸부림쳐도 벗어날 수 없는 참으로 고달픈 삶을 살고 있다. 돈 한 푼 없이 하루하루 허덕이며 사는 삶, 이곳저곳에서 찬바람이 쌩쌩 불어온다. 돈 없으면 누가 사람대우를 해주겠는가. 누가 눈길 한 번 제대로 주겠는가. 가위눌리고 발끝에 부딪히는 것은 슬픔뿐이다. 집도 없고 직장도 없고 가족도 흩어지면 괴로움만 가득하고 사는 게 사는 것이 아닐 것이다. 빈둥대고 사는 알거지 신세는 처량하기 그지없다. 산산조각이 난 꿈을 다시는 붙일 수 없다. 우정은 무슨 우정이냐. 애정은 무슨 애정이냐. 사랑은 무슨 사랑이냐. 다 외면하고 떠나간다. 돈 없어 보라. 하늘도 땅도 깜깜해 앞이 보이지 않고 절벽 위에 서 있는 기분일 것이다. 슬픔의 무게를 견딜 수 없다. 눈물겹게 살 수밖에 없다.

고된 일을 하는 노동자들이 얻는 대가는 작고 일이 힘들어 고달프다. 우리는 주변에 힘들게 사는 사람들을 결코 외면해서는 안 된다. 서로 나누며 함께 사는 세상을 만들어야 한다. 고달픈 생존경쟁에서 살아남으려면 마음에 긍정을 불러들여 힘차게 살아야 한다. 포기하려는 마음을 버리고 어떤 극한 상황도 극복해야 한다. 샤피로는 "바람직한 삶의 공식은 자신이 속한 곳에서 사랑하는 이들과 함께하며 삶의 목적을 위해 묵묵히 자신의 일을 하는 것"이라고 말했다. 즐겁게 일하면 생각하는 사고와 삶이 달라진다. 어떤 어려운 일도 피할 수 없다면 즐겨야 한다. 톨스토이는 "이마에 땀을 흘리며 노동하는 생활이 무위도식하는 것보다 존경받을 생활이라는 것을 확신하고 그 확신에 부합된 생활을 하며, 타인을 높이 평가하고 존경하는 사람! 그러한 사람에게는 산다는 것이 실로 즐거운 일이다"라고 말했다. 나로 인해 행복할 수 있는 사람들을, 나로 인해 웃을 수 있는 사람들을 만들어야 한다. 그래야 좋은 세상, 살아갈 힘을 얻는 세상이 된다.

날품팔이
노동판에서
잔뼈가 굵고
검붉게 그은 얼굴들을 보면
기름기가 빠져 피곤이 엉켜 붙어 있다

일 년 사시사철
동서남북 안 가는 곳 없이
공사판이 벌어지면
이골이 나도록 일을 하는데
늘 가난을 면치 못하는
이유는 무엇인가

공사판이 끝나면
품삯을 못 받아 실랑이 벌이다
한 달이 가고
새로운 일감을 따라가다가
날짜 다 보내고
일을 시작해도 한 자락 깔아야
품삯을 주니

뼛골은 다 빠져나가는데
쥐어 잡은 돈은 없다

아파트란 아파트는 다 지었는데
사글세 방 신세 면치 못하고
큼직한 백화점은 다 지었는데
그 많게 쌓아놓은 물건은
허술한 옷차림에 눈요기도 못 한다

빌어먹을 세상이라
한잔 취하면 욕설을 해대지만
모두가 못 배운 탓이요
모두가 못난 탓이라 하지만
복장이 터지도록
아파올 때는 이렇게
억울할 수가 없는 것이다

노동판에
목숨을 걸고 곡예하듯
고층 아파트를 다 지어갈 때면
가슴이 저려온다

누구는 아파트가 당첨됐다고
뛰면서 좋아할 텐데
우리네 인생은

닭 쫓던 개만도 못한가
어깻죽지 깊어가는 멍 자국보다
가슴에 깊어가는 멍이 더 슬프다
- 「노동하는 사람들」

불우한 환경이나 조건 때문에 자포자기해서는 안 된다. 살아 있는 작은 물고기는 물살을 거슬러 올라간다. 그러나 죽어버린 큰 물고기는 물살에 둥둥 떠내려간다. 흐르는 세월 따라 흘러가듯 살아가는 사람처럼 어리석은 사람은 없다. 이 시대를 바로 보고, 바로 느끼고, 내일을 바라보면서 살아가야 한다.

실패를 극복하고 나면 힘이 생긴다. 때로는 실패가 더 아름다울 때가 있다. 실패로 인해 많은 교훈과 힘을 얻는다. 적극적이고 자신감 있는 성격이 되는 방법이 있다. 한 가지라도 자신 있는 일부터 차근차근 시작하는 것이다. 자신의 일에 흥미를 가지면 숙달이 되고 익숙해진다. 적극적인 사고가 성공을 부르는 첫걸음이 된다. 자신의 부족한 점을 깨닫고 대처하는 것도 옳은 행동이다. 모든 일은 부족함에서 출발하여 충만하게 된다. 자신이 하는 일에 최선을 다할 때 삶의 보람을 느낀다. 성취감을 얻음으로 어떤 일도 해나갈 수 있는 힘을 얻는다. 윌리엄 제임스는 "풍요한 인생을 믿어라. 그리고 인생은 살 가치가 있다고 믿어라. 그러면 당신의 신념이 이를 사실로 높여준다"라고 말했다. 실패나 결핍이나 한계에 주저앉으려는 행동은 접어야 한다. 강하고 담대한 마음으로 꿈과 비전에 맞추어야 한다. 꿈과 비전을 억누르려는 것은 잘못된 생각이다. 꿈을 성취해나가는 진취적인 삶을 살아야 한다.

일이 잘 안 풀리고 고통스러울 때는 번민에 시달린다. 이것을 선택할까, 저것을 선택할까, 삶은 번민의 연속이다. 내 잇속만 바라면 늘 실패한다. 고민이 삶을 절대로 바꾸지 못한다. 로댕의 〈생각하는 사람〉을 보라. "아무리 생각해도 자기 옷 하나 해결 못 한다"라는 우스갯소리가 있다. 생각을 하면 바로 행동으로 옮겨야 한다. 너무 힘들다고 모든 것을 내려놓고 머리만 싸매고 있으면 찾아오는 것은 쓸데없는 번민과 고민뿐이다. 하루 종일 수많은 고민의 탑을 쌓아도 해결될 기미는 보이지 않는다. 우리는 쓸모없는 인생, 쓸모없는 인간이라는 생각이 들 때 참으로 비참하다. 고통을 이겨낼 때 비참했던 것들이 반전된다. 아주 작은 성공에 도취되어 어리석게 잘난 척한다면 결코 큰일을 할 수 없다. 시냇물에는 고래가 살지 않는다. 진정한 성공을 맛보려면 거친 파도가 휘몰아치는 바다와 같은 고난과 역경 속에서도 꿋꿋하게 일어서는 묘미가 있어야 한다. 어떤 어려움이 와도 땀과 눈물이 범벅이 되도록 열정을 쏟으면 시련의 바람조차 비켜 간다. 진정 성공한 삶이란 얼마나 최선을 다했나 하는 것에 좌우된다.

나는 투쟁도 하지 않았는데
피투성이가 되었다
허공에 내던져진 열 손가락을 끌어당겨
스물여덟 뼈마디를 움켜쥐고 있는데
피투성이가 된 이유는 무엇인가

심장조차 도려낼 수 없는
쓰라림을 소리치며 웃다
길가 상품처럼 전시되어 있는
과거를 아는 녀석이 미친 듯이 웃고 있을 때
나는 꼬꾸라져 두 무릎을 꿇고 말았다

창문을 활짝 열어도
바람 불지 않는 날은
웃지도 울지도 못하는 꼭두각시가 되고
비 오는 날은
사형수가 되어 방황하며
집으로 돌아갈 줄 몰랐다

책을 보고 있을 때
글자들이 열 지어
눈앞을 빙빙 돌아도
하얀 백지 위에
아무런 이유도 생기지 않았고

허공에 내던져진
열 손가락을 열심히 움직였는데
아무런 투쟁도 못 한 채
나는 피투성이가 되었다

– 「번민」

우리 주위엔 뼈저린 고통을 겪어본 사람들이 많다. 그들은 아무런 근심 걱정 없이 살아온 사람들보다 훨씬 겸손하고 따뜻한 삶을 산다. 남의 도움에 감사할 줄 아는 사람들이 남을 도울 수 있는 사람이 된다. 열정과 노력으로 극심한 고통에서 벗어났을 때 삶의 의미는 한결 달라진다. 요즘 사람들을 만나서 이야기해보면 이구동성으로 참 살기가 힘들다고 한다. 삶에 의욕을 주는 일이 없다. 참으로 어려운 시대다. 늘어만 가는 실업자, 신용불량자, 미취업자, 살인강도 사건들. 참으로 우울한 소식들뿐이다. 그러나 이렇게 어려울 때일수록 행복해지기 위해 더욱 노력해야 한다. 아픔을 가진 사람들에게 관심을 가지고 함께해주어야 한다. 간섭하고 상처만 주기보다는 서로 사랑하며 아픔을 치유해주자. 교도소에 강의를 갔을 때 어느 수감자가 이런 말을 했다. "감옥이란 보고 싶은 사람을 볼 수 없고, 보기 싫은 사람을 날마다 보는 곳이다." 스스로 인생을 감옥으로 만드는 삶을 살아서는 안 된다.

참견은 모든 일을 내 중심에서 바라보는 것이고 관심은 모든 일을 상대방의 중심에서 바라보는 것이다. 서로 이해하고 관대한 마음을 갖고 대하면 사랑하는 마음이 더욱 강해진다. 생활이 어려워지면 불평하는 습관, 비판하는 습관이 생긴다. 상대방의 결점만을 찾으려 하거나 사소한 일에도 불평불만을 갖는다. 어려울 때 어두운 면만을 찾아내는 것은 불행한 일이다. 그런 습관에서 벗어나 모든 것을 긍정적으로 볼 수 있어야 한다. 어려울 때 근심만 하면 더 큰 불행을 만든다. 걱정과 근심은 스스로 만들어내는 것이다. 걱정 중에 90%는 일어나지도 않을 일에 대한 것이다. 어려울 때일수록 걱정만 하지 말고 새로운 변화를 일으켜야 한다. 삶에 고통과 어려움이 있다는 것은 아직도 살아 있다는 증거다.

스코틀랜드 시인 재닛 그레이엄은 "만일 조물주가 우리가 우울해지기를 바랐다면 땅에 초록색이 아닌 검은색 옷을 입혔을 것이다"라고 말했다. 초록색은 명랑함과 기쁨의 옷이다. 삶에 어둠과 고통이 올 때도 초록의 생명으로 돌아나야 한다. 어려울 때일수록 남의 탓만 하지 말고 스스로 고통을 이겨내고 상처받은 마음을 어루만져야 한다. 또한 마음을 깊이 보고 따뜻하게 덮어주어야 한다. 사랑이 삶과 사람을 변화시켜준다. 만나고 보고 느끼는 모든 것 속에서 행복을 바라보고 희망을 만들어가야 한다. 이런 마음에 공감할 때 어려움은 조금씩 회복

된다. 공감이란 긍정적인 마음을 갖는 것이다. 위기가 기회가 되도록 만들어야 한다. 영국 속담에 "자기를 벌레라고 생각하는 사람은 다른 사람에게 벌레처럼 짓밟힌다"라는 말이 있다. 삶에서 좌절과 고통을 피할 수는 없지만 고통과 절망의 시간을 단축시킬 수는 있다. 힘과 열정이 절실하게 필요한 때다.

나는 젊은 시절에 시장에서 야채 장사를 하는 어머니와 함께 일했다. 결혼해서는 액세서리 가게, 인형 가게, 헌책방, 식당 등을 통해 삶의 밑바닥을 체험하며 인생의 교훈을 얻었다. 지긋지긋하게 궁핍하고 어려웠던 삶은 인생 체험에 크나큰 도움이 되었다. 창녀촌 쪽방 동네를 돕던 일도 좋은 경험이 되었다. 월·전세방을 전전하던 시절도, 무직자 시절도, 일숫돈 쓰던 시절도, 절망 속에 빠져 있던 시절도 지나고 보니 삶의 밑거름이 된다. 어둡고 괴로웠던 시절은 과거의 경험으로 삼고 잊어버리자. 과거에 연연해서 살지 말고 내일을 위해 살자. 우리가 살아갈 시간은 매우 짧다. 과거를 던져버리고 내일을 화창하게 살자.

그리움뿐이다
슬픔뿐이다
아픔뿐이다
절망뿐이다
고독뿐이다

돌아갈 수 없는
그 길을 바라보지 마라

- 「뒤돌아보지 마라」

용기가 없을 때 큰일을 당하면 두려움에 사로잡힌다. 당혹감에 어쩔 줄 몰라 허둥댄다. 두려움으로 심장이 새가슴처럼 뛴다. 다리가 후들거리고 심장이 조여온다. 중요한 것은 그 순간에도 나는 존재하고 살아 있다는 것이다. 내 깊은 곳은 제자리를 찾고 싶어 한다. 강한 힘이 있으면 어떤 극한 상황도 돌파해나갈 수 있고 극복할 수 있다. 극복을 하면 기쁨을 누리고 살 수 있다. 친구들과 가족들을 사랑할 수 있고 행복할 수 있다. 자신의 내면에서 더 강한 힘이 솟아 나온다. 이 모든 것은 "나는 해낼 수 있다"라는 마음가짐에서 시작한다.

미국의 만화영화 제작자인 월트 디즈니는 "모험이 없는 곳에는 성취도 없다"라고 했다. 젊은이의 사전에는 포기란 단어는 없어야 한다. 실패할 수도 있으나 실패는 성공을 이루는 한 단계일 뿐이다. 자신감을 가져라. 붕어빵 장수도 숙련된 사람과 초보자는 다르다. 악기를 연주하는 사람도 마찬가지다. 성공하려면 아픔도 실패도 절망도 거치게 되어 있다. 성공한 사람들은 그 성공만큼 실패를 경험한 사람들이다. 우리에겐 도전 정신이 필요하다. 시련을 이겨내면 고통도 아름답게 승화된다. 살아가다 보면 수시로 고난의 언덕을 만난다. 작은 일에 쓸데없이 목숨을 걸지 말아야 한다. 멋진 미래를 위해 희망의 씨앗을 뿌려야 한다.

큰 강은 돌을 던져도 흐름이 흐트러지지 않고 흘러간다. 실패와 고통과 고난에 마음이 흐트러지면 마음이 큰 사람이 아니다. 그 사람의 마음은 웅덩이에 지나지 않는다. 모험을 피하지 말고 돌파해나가야 한다. 어떤 시련과 고통도 이겨내야 만족감이 충만해진다. 긍정적인 생각을 가지고 도전해나갈 때 어떤 어려움도 이겨낼 수 있다. 많은 사람이 눈앞에 보이는 것에 급급해 나약해져 힘을 잃곤 한다. 목표를 확실하게 정하고 미래를 준비하지 않으면 아무것도 이룰 수가 없다.

철학자 칸트는 몸집이 작아 약해 보여도 매우 당당했다. 어느 날 칸트가 나무 밑을 걷고 있는데 미친 도살꾼이 식칼을 들고 칸트에게 달려들어 그를 죽이려 했다. 이때 칸트는 침착하게 용기를 내어 말했다. "아이, 이 친구야! 오늘이 내 도살 날인가? 내 기억으로는 내일인데!" 그러자 도살꾼은 "아이쿠, 날짜를 잘못 알았네!" 하더니 깜짝 놀라서 자기 머리를 한 대 툭 치고는 도망을 쳤다. 극한 상황에서도 침착하게 기지를 발휘해 위기를 모면한 것이다.

누구나 자기만의 개성과 장점을 가지고 있다. 이야기를 잘하는 이야기꾼들을 보면 독특한 매력이 있다. 이야기로 사람들의 마음을 사로잡아 웃기고 울린다. 아름다운 모습은 값진 옷이나 귀금속이나 사치품이 만드는 것이 아니다. 권력이나 명성으로 만드는 것도 아니며, 학벌이나 친분 관계, 어떤 수단이나 방법으로도 만들 수 있는 것이 아니다. 마음이 변화되어야 한다. 자신을 무시하지 말고 가치 있는 존재로 여겨야 한다.

월트 디즈니는 만화를 잘 그리는 사람이었다. 그러나 자기 그림을 팔아보려고 여러 신문사를 찾아다녔지만 거절만 당했다. 편집자들은 하나같이 냉담한 반응을 보일 뿐이었다. "당신은 재능이 없소! 단념하시오!" 하지만 그는 꿈을 꺾지 않았다. 그에게는 강렬한 삶의 목표가 있었기 때문에 거듭 거절을 당해도 체념하지 않았다. 이곳저곳을 다니다가 겨우 행사 광고 표지에 그림 그리는 일을 맡게 되었다. 수입은 적었지만 잠도 자고 그림도 그릴 수 있는 낡은 창고를 얻을 수 있었다. 어느 날 그림을 그리고 있는데 어디선가 생쥐 한 마리가 나왔다. 그는 그림을 그리던 손을 멈추고 빵 조각을 떼어주었다. 그리고 생쥐를 한번 그려보았다. 이것이 바로 지금의 디즈니사의 대표 캐릭터가 된 유명한 미키 마우스 탄생의 순간이다. 월트 디즈니는 가장 초라했던 시절 쥐와 함께 거쳐해야 했던 비참한 순간에 도리어 세계인에게 사랑을 받을 수 있는 캐릭터를 만들어냈다. 그는 만화를 그리는 자기 장점을 최대한 살려냈다. 고난과 절망을 극복하여 세계적인 인물이 된 것이다.

살면서 일이 안 풀려 가슴이 답답해질 때면 산에 올라가서 고함을 지르거나 신나게 웃어봐라. 그러면 가슴이 탁 트이는 것을 느낄 수 있을 것이다. 마음껏 노래를 불러보아도 좋다. 모든 것을 시도해보고 긍정적으로 받아들여야 한다. 잘할 수 있는 것이 있다면 소낙비 쏟아져 내리듯이 온 열정을 다해 쏟아내야 한다. 장점을 잘 찾아 드러내면 당당하게 살 수 있다. 장점을 살려 능력을 발휘하면 깜짝 놀랄 만한 엄청난 일들을 만들어낼 수 있다. 성공을 꽃피우고 풍성한 열매를 맺을 수 있다.

삶 속에서 만나는 시련과 고통, 절망의 끝에 있던 세월도 지나가면 그리움이다. 삶의 아픔조차 인생을 성숙하게 만들어준다. 사사로운 감정에 흔들리지 말고 목표한 삶을 향해 뒤돌아보지 말고 달려가자. 인생의 모든 시간은 오늘을 만들어놓은 장본인이다. 오늘은 삶 속에서 가장 젊은 날이다.

내 삶의 가난은 나를 새롭게 만들어주었습니다
배고픔은 살아야 할 이유를 알게 해주었고
나를 산산조각으로 만들어놓을 것 같았던
절망들은 도리어 일어서야 한다는 것을
일깨워 주었습니다

힘들고 어려웠던 순간들 때문에
떨어지는 굵은 눈물방울을 주먹으로 닦으며

내일을 향해 최선을 다하며 살아야겠다는
다짐을 했을 때 가슴속에서 용기가 솟아났습니다

내 삶 속에서 사랑은 기쁨을 만들어주었고
내일을 향해 걸어갈 수 있는 힘을 주었습니다
사람을 만나는 행복과 사람을 믿을 수 있고
기댈 수 있고 약속할 수 있고
기다려줄 수 있는 마음의 여유를 주었습니다

내 삶을 바라보며 환호하고
기뻐할 수 있는 순간들은
고난을 이겨냈을 때 만들어졌습니다
삶의 진정한 기쁨을 알게 되었습니다

- 「나를 만들어준 것들」

06

내 마음의 시

시란 무엇인가? "시는 상상과 감정을 통한 인생의 해석이다"라고 허드슨이 말했다. 워즈워스는 "시는 숨결이며 모든 지식보다 훌륭한 정수다. 그것은 모든 과학의 표정 속에 있는 감동된 표현이다"라고 말했다. 시란 시인이 느끼고 생각하고 체험하고 경험한 것들을 언어로 표현한 것이다. 시인 임보는 그의 시집 『은수달 사냥』 서문에서 이렇게 말하고 있다. "시란 영혼의 노래다. 시가 지닌 메시지는 단순한 의미가 아니라 시인의 '혼'을 담고 있는 것이어야 한다."

시는 모든 것을 표현한다. 시는 은유와 감성의 언어로 이 세상을 살아가는 수많은 사람의 마음과 마음을 이어주는 소통의 도구다. 시는 누구에게나 읽혀서 사람들의 눈과 마음으로 퍼져나가야 움직이는 시, 살아 있는 시가 된다. 좋은 시는 읽어 내릴 때 리듬감이 있다. 막히거나 걸림 없이 읽힌다. 시가 살아서 움직인다.

황진주 시인은 시에 대해 이렇게 말했다. "'시란 무엇인가? 왜 시를 쓰는가?'라는 질문을 접하고 나면 크게 할 말을 잃게 된다. 시는 사람이 살아가는 아주 작은 이야기부터 오묘한 진리에 양념을 뿌려 맛있게 구워내기도 하고, 때로는 심한 채찍을 내리기도 하는 고통을 동반한 힘겨운 작업이다. 시란 결국 세상에 필요한 청정제요, 영양제이며 시인은 세상이라는 거대한 몸집을 치료하는 의사의 임무를 부여받고 소명을 완수하고 있는지도 모르겠다." 시인은 삶을 살아가며 그 시대의 아품을 같이 아파하고 치유하는 데도 동참하며 살아간다. 시인이 말할 수 없고 시를 쓸 수 없는 시대가 온다면 가장 슬픈 시대가 될 것이다. 시인은 어느 시대든지 살아서 당당하게 시를 써야 한다.

고정희 시인은 "시인에게 시란 무엇일까? 10여 년 동안 시작詩作을 통해서 내가 얻은 결론은 '시인에게 시란 생리작용 같은 것에 지나지 않는다'는 것이다. 자유로움을 갈망하고 사소한 생리, 그러나 통로가 막힐 때 질식 직전의 고통에 시달리며 노여워하며 오뚝이처럼 일어서는 신비한 생리, 그것이 시의 힘임을 알게 되었다. 그러므로 나는 시를 쓸 수밖에 없고 또 시가 요구하는 쪽으로 머리를 둘 수밖에 없다"라고 말했다.

시인이란 누구인가? 시인이란 간단하게 말하면 시를 쓰는 사람이다. 키르케고르는 "시인이란 누구인가? 그 마음은 남모르는 고뇌에 괴로움을 당하면서 그 탄식과 비명이 아름다운 음악으로 바뀌도록 된 입술을 가진 불행한 인간이다"라고 말했다. 시인의 마음은 남다르다. 다른 사람이 그냥 스쳐 지나가는 것도 마음에 담아 한 폭의 그림처럼 노래하기도 하고 잔상으로 남겨놓기도 한다. 시인은 모든 삶을 노래할 수 있다. 계절을 노래하고 들판에 핀 이름 없는 꽃 한 송이도 노래할 수 있다. 그 무엇보다도 사랑의 노래를 빼놓을 수가 없다. 사랑은 시 중의 시다. 메르디트의 말대로 시를 가지지 못하는 사람의 생활은 사막의 생활과 같다. 감정의 변화를 제대로 느끼지 못하고 살아가기 때문이다. 인생이 얼마나 무미건조하겠는가? 자신의 삶을 노래하고 주위 사람들과의 어울림을 시로 쓸 수 있다는 것은 행복한 일이다.

시인은 자신의 마음에서 시를 뽑아내어 쓴다. 시를 쓰기 위해 고민하고 때로는 좌절도 한다. 처절한 고독과 불타는 열정 없이 이루어지는 것은 없다. 시인은 고독하다. 헨리 데이비드 소로는 "나는 고독보다 좋은 길동무를 본 적이 없다"라고 말했다. 시인도 수많은 고민을 한다. 시란 무엇인가? 시인이란 무엇인가? 때로는 막막하고 불안해질 수 있다. 등단을 하고 시를 쓰고 시집을 펴내도 아무도 알아주지 않을 때는 너무나 괴롭다. 하지만 너무 조급해할 건 없다. 시인은 순간이 아니라 일생을 두고 시를 쓰며 살아야 한다. 어두운 터널을 지나야 빛을 볼 수 있다. 시인으로 살아남기란 그리 쉬운 일이 아니다. 말도 많고 탈도 많은 세상이다. 시인은 언제나 시를 쓰기 위해 가슴에 열정이 가득해야 한다. 시인은 시를 통해 새로운 세상을 만들어간다.

모든 것을
노래하리라

사랑하는 사람
눈에 보이는
산과 들, 바다, 하늘

모든 것을
노래하리라

생각나는 것들
그리움
마음의 느낌

모든 것을
노래하리라

생명 있는 날 동안
마음껏 노래하리라
마음껏 외치리라
시인 된 자유를 누리리라
- 「시인」

포의 말처럼 시란 미의 창조다. 이 지상에는 아름다움을 노래할 것
이 많다. 시인들이 진정 아름다움을 노래할 때, 사랑을 노래하고 진리
를 노래할 때, 밝고 행복한 세상이 된다. 오늘 이 땅의 시인들은 무엇
을 노래하고 있는가? 오늘 이 땅의 사람들이 무엇을 노래하고 있는가
는 현실을 말해주고 있다.

시인은 시를 써야 한다. 시인의 삶은 시를 쓰는 여행이다. 시인은 자
기의 체험과 경험으로 시를 쓴다. 시인은 삶이라는 여행 속에서 시를
생각하고 시를 쓰고 시가 읽히는 것을 보면서 살아간다. 시인은 자신
의 일생이 한 편의 시가 될 수 있도록 의미 있게 살아야 한다. 김남석
시인은 『현대시 작법』에서 "시인은 시적 구성을 성공시키기 위해서는
시어를 통해 음성과 뜻을 청각으로 듣는 동시에 시각으로 볼 수 있어
야 하며, 촉각적으로 느끼어 시어의 기능을 충분하고 다양하게 구사할
수 있어야 한다"라고 말했다. 시가 시인만이 알 수 있는 표현에 머물러
있으면 안 된다. 누구나 공감하여 읽는 시가 되어야 한다.

한하운 시인은 "나는 시를 영혼으로 쓴다. 또 시를 눈물로 쓴다"라고
했다. 영혼을 쏟아낸 시는 진실을 전해준다. 시인이 쓰는 언어는 마음
속에서 터져 나오는 샘물같이 살아 있다. 사람들과 나누고 공유할 시
를 써야 한다. 문덕수 시인은 "시를 쓴다는 것은 확실히 기쁜 일이다.
한 편 한 편 쓰는 행위, 그 과정을 통해서 여러 가지 고민, 고통이 따른

다 하더라도 그것은 무상의 기쁨이다"라고 말했다. 시를 쓰는 고통이 있지만 기쁨이 찾아오기에 시를 쓴다. 윌리엄 쿠퍼는 "시인만이 알고 있는 시적 고통에는 쾌락이 있다"라고 말했다. 딜런 토머스는 "나의 시는 단 한 가지 이유 때문에 나에게 도움이 된다. 곧 그것은 어둠 속에서 어떤 빛으로 달했다는 나 자신의 투쟁 기록이다"라고 말했다. 엘리엇은 "시란 감정의 해방이 아니라 감정으로부터의 탈출이며, 인격의 표현이 아니라 인격으로부터의 탈출이다"라고 말했다. 시인은 가지고 있는 모든 감정을 다 동원하여 언어로 시를 쓴다. 워즈워스는 "시는 힘찬 감정이 자연스레 넘쳐나서 이루어진 것이며 그 근원은 고요함 속에 상기되는 정서인 것이다"라고 말했다. 시인은 삶을 사랑하고, 자신을 사랑하고, 사람들을 사랑하기에 시를 쓴다.

시는 언어로 표현된다. 사랑과 행복을 주는 것은 언어다. 행복한 삶을 살아가고 싶다면 언어를 바르게 써야 한다. 언어 표현은 인격의 거울이다. 언어는 각 사람의 삶의 모습과 능력을 그대로 나타낸다. 사람과 사람 사이에 말이 통하지 않는다면 불행한 일이다. 때에 맞는 언어를 유효적절하게 표현해야 한다. 언어는 인간관계를 새롭게 만들어준다. 행복은 어떤 언어를 사용하느냐에 따라 달라진다. 괴테는 "세계는 넓고 풍부하며 인생은 다양하다. 시를 쓰는 데 동기가 부족한 일은 없다. 그러나 시는 모두가 기회 시가 아니어서는 안 된다. 즉, 현실이 시에 동기와 재료를 부여하지 않으면 안 되는 것이다. 특수한 사건이라도 시인이 취급하는 데 따라서 보편적이고 시적인 것이 된다. 나의 시는 모두가 기회 시다. 날조한 시를 나는 좋아하지 않는다"라고 말했다.

내가 화가라면
그대의 모습을 그릴 것입니다

121

내가 조각가라면
그대의 모습을 조각할 것입니다

내가 작곡가라면
그대의 사랑을 작곡할 것입니다
내가 가수라면
그대의 사랑을 노래할 것입니다

나의 여인이여
사랑하는 사람이여
시인인 것은 내게 기쁨입니다

우리 사랑을 언제나
시로 쓸 수 있습니다
우리 사랑을 언제나
시집으로 만들 수 있습니다

그대가 원한다면
언제나 사랑의 시를 바치리다
나는 그대로 인해
사랑의 시인이 되었습니다

– 「사랑의 시인」

시인은 독자들과 시를 통해 대화를 나눈다. 시는 시인의 삶의 시작
이다. 시인의 시를 읽고 독자가 "내 마음을 어떻게 알고 그대로 표현했

을까?"라며 공감할 때는 독자와 대화가 통한 것이다. 셰익스피어는 "모든 사람에게 너의 귀를 주어라. 그러나 너의 목소리는 몇 사람에게만 주어라"라고 말했다. 시인은 독자의 목소리를, 독자는 시인의 목소리를 잘 들을 줄 알아야 한다. 상대방의 말을 경청해주어야 한다.

요즘 사람들은 각자의 공간을 가지고 살아가기를 좋아해 원룸과 오피스텔이 늘어간다. 많은 사람이 개인 공간을 확보하고 자유롭게 살기를 원한다. 혼자라는 것은 한순간은 편할 수 있다. 가족의 소중함을 모르면 인생은 외롭다. 대화로 풀어가는 소통은 인간관계를 잘 형성해준다. 때로 어려운 문제가 일어났을 때에도 의외로 대화로 쉽게 풀어갈 수 있다. 대화는 삶을 평화롭고 따뜻하게 만들어준다. 대화란 사람들끼리 말을 주고받으며 서로의 감정을 교류하는 것이다. 기쁨과 즐거움이 없는 대화는 무의미한 소음에 지나지 않는다. 여러 사람이 있는 곳에서 주목받는 사람은 대화를 즐겁게 이끌어가는 사람이다. 가족에게 사랑을 받고 주변 사람들에게 주목을 받으려면 대화 속에 유머와 센스를 지녀야 한다. 웃음은 자신에게만 좋은 것이 아니라 주변 사람들도 행복하게 만들어준다. 시를 쓴다는 것은 독자들과 대화를 나누는 것이다.

대화 속에서 사랑의 언어를 표현하며 살아가야 한다. 사랑의 언어는 삶에 용기와 희망을 주고 행복을 가져다준다. 말에는 생명력이 있다. 말에 생명과 의미를 더하기 위해서는 감정을 바르게 담아야 한다. 말에 의미가 부여되면 꿈도 현실로 이루어진다.

사랑할 때, 관심을 가질 때 대화에 의미가 있다. 언어가 바른 사람은 삶이 바르다. 언어가 저속하거나 거칠고 거짓뿐인 사람은 삶도 진실하지 못하다. 밝은 대화는 서로에게 행복을 준다. 내가 먼저 마음의 문을 열기 시작하면 주변 사람들도 다가온다. 대화가 살아나면 삶이 풍성해진다. 사랑의 대화가 풍성한 가정, 직장에는 꿈이 넘치고 사랑이 가득하다. 우리는 삶에 수없이 많은 질문을 던지고 산다. 해답에 대한 갈증이 심하다. 시인은 세상을 향해 질문하고 대답한다.

삶이 무엇이냐고
묻는 너에게
무엇이라고 말해줄까

아름답다고
슬픔이라고
기쁨이라고 말해줄까

우리의 삶이란
살아가면서 느낄 수 있단다
우리의 삶이란
나이 들어가면서 알 수 있단다

삶이란 정답이 없다고 하더구나
사람마다 그들의
삶의 모습이
각기 다르기 때문이 아니겠니?

삶이 무엇이냐고 묻는 너에게
말해주고 싶구나
우리의 삶이란 가꿀수록

아름다운 것이라고
살아갈수록
애착이 가는 것이라고
- 「삶이 무엇이냐고 묻는 너에게」

시인은 이야기꾼이다. 시인은 늘 시로 표현하고 싶은 이야깃거리를 만들고 찾아낸다. 플라톤은 "사랑을 하면 누구나 시인이 된다"라고 말했고 디즈레일리는 "시인은 영혼의 화가다"라고 말했다. 글을 쓰는 사람은 이야기꾼이다. 사람들이 기대하고 좋아하는 이야기꾼이 되어야 한다. 글을 쓸 수 있는 사람은 글감 곧 이야깃거리가 많아야 한다. 이야기를 잘하는 사람들은 남들이 알아듣기 쉽고 재미있게 말한다. 글도 마찬가지다. 글 속에는 살아 있는 이야기가 있어야 한다. 사람을 움직일 수 있는 생명력이 있어야 한다. 자기 혼자만 도취돼서 만족하거나 남보다 지나치게 독특하고 색다른 글만을 쓰겠다고 고집하는 것은 잘못이다. 자연스럽게 써 내리며 노력하고 열정을 가지다 보면 좋은 작품이 나온다.

도자기를 굽는 장인들도 처음부터 훌륭한 걸작을 내는 것은 아니다. 부족하다 싶은 도자기는 미련 없이 깨뜨려버린다. 오랜 경험과 노력이 필요하다. 콜리지는 "누구나 시인인 동시에 생각 깊은 철학자가 아니면 위대한 시인이 될 수 없다"라고 말했다. 시를 쓸 때 자기 작품에 자기만 도취되어 걸작이라고 만족하고 좋아하면 안 된다. 난해하여 독자가 없는 작품보다는 대중성과 작품성을 골고루 갖춘 작품이어야 한다. 이런 작품은 널리 읽히고 독자들의 가슴에 남는다.

어떤 글을 써야 하는가는 스스로도 알 수 있다. 아무리 훌륭한 시인이라도 평생에 쓴 작품 가운데 한 편 또는 몇 편만이 사랑을 받는 걸작이 된다. 평생토록 글을 써가며 좋은 작품을 만들어야 한다. 세상은 홀로 사는 것이 아니라 더불어 살아가는 것이다. 책을 읽고 경험을 통해 글감을 많이 가져야 한다. 열정을 갖고 계속해서 꾸준히 써가면 놀라운 작품이 써질 것이다. 작가라는 이름은 한순간에 얻을 수 있는 것이 아니다. 명장의 마음으로 시를 써야 한다.

세상에 처음 발표되어 나를 시인으로 만들어준 첫 시는 「옥수수」다. 1986년 KBS 〈아침의 광장〉의 '내 마음의 시'에서 황금찬 선생님께서 추천해주신 시다. 이 시를 발표함으로 첫 시집 『한 그루의 나무를 아무도 숲이라 하지 않는다』를 출간하게 되었고 현재까지 69권의 시집과 여러 권의 시선집을 출간했다.

먹구름이
몰고 온 여름에
수많은 이야기들이
들판으로 모여든다

할아버지 수염을 달고
익어가는 옥수수가
가난한 여인의
치마폭에 감싸여
이야기를 만들고 있다

알맹이 하나하나에
이쁘디이쁜
개구쟁이 꼬마들의

웃음소리가 가득 차 있다

신나는 것은 수많은 이야기가
멋진 노래가
입안 가득히
쏟아져 내리는 것이다

여름이 오면
멋진 하모니카를
신나게 불고 싶어진다
　　　　　　　－「옥수수」

시인은 늘 연상하고 이미지를 떠올린다. 시인은 눈에 들어오는 모든 것을 언어로 표현한다. 시어가 따로 있어 시인이 시어를 골라서 쓰는 것은 아니다. 세상의 모든 언어로 시는 써진다. 시인이 언어로 풍자하고 비유하고 은유하는 것이다. 옥수수를 생각하면 떠오르는 것이 많다. 그 떠오르는 이미지를 언어로 잘 표현하면 한 편의 시가 만들어진다.

옥수수는 가난했던 시절의 상징이다. 옥수수와 아이들은 친근하게 다가온다. 아이들만이 아이들의 세계를 잘 펼쳐준다. 옥수수에 대한 삶의 경험과 이미지가 집약되어 시가 나왔다. 시인이 어떠한 삶을 살았는가가 중요하다. 삶의 고통과 아픔을 이겨낸 사람들이 삶을 아름답게 살아간다. 나는 살아 있는 동안 좋은 시를 쓰며 살고 싶다.

07

시가 있는 카페

나는 커피를 좋아한다. 커피에는 인생의 맛이 그대로 담겨 있다. 커피는 맛과 향기가 조화를 잘 이루는 유혹의 차라고 생각한다. 쓴맛(신맛), 단맛이 잘 섞여 조화가 잘된 향기 좋고 맛있는 커피를 마시면 뒤에도 여운이 남는다. 커피의 쓴맛은 삶의 절망, 고통, 아픔과 같다. 단맛(설탕)은 삶의 기쁨, 감동, 환희와 같다.

커피에는 김 오르는 뜨거운 커피, 얼음이 동동 떠 있는 차가운 아이스커피, 향 좋은 원두커피, 프림이 들어간 믹스 자판기 커피, 우유가 들어간 카페라테, 작은 잔에 마시는 진한 에스프레소 등등 종류가 많아 그날의 기분과 날씨에 따라 선택하게 된다. 커피의 맛도 사람의 감정에 따라 달라진다. 자기 스스로 바리스타가 되어 커피를 만들어 마실 때 기분이 상쾌해진다. 커피는 음미하며 마실 때가 더 맛있다. 마음이 쓸쓸하고 고독할 때 창밖을 바라보며 커피를 조금씩 마시면 기분이 묘하게 좋아진다. 커피 잔에 입술을 대는 순간 코끝에 다가오는 향기가 너무나 좋다.

달테랑은 "커피는 악마처럼 검고 지옥처럼 뜨겁고 천국처럼 달콤하다"라고 말했다. 커피를 어쩌면 이토록 멋지게 표현할 수 있을까. 루스벨트는 "커피는 마지막 한 방울까지 맛있다"라고 표현할 정도로 커피 애호가였다. 정말 커피가 마지막 한 방울까지 맛있는 날은 일이 잘 풀리고 기분 좋은 일이 생긴 날이다. 커피 애호가들은 커피에 대해 많은 말을 했다. "커피는 영혼을 따뜻하게 데워주고 사람과 사람을 연결시켜준다"라고 알랭 스텔라가 말했다.

같은 커피라도 시간에 따라 계절에 따라 장소에 따라 누구와 마시느냐에 따라 그 맛이 전혀 달라진다. 좋아하는 사람과 마시는 커피는 더 맛있지만 싫어하는 사람과 마시는 커피는 더 쓰게 느껴진다. 또한 커피의 종류에 따라 어느 잔에 마시느냐에 따라서도 그 맛이 다르다. 하얀 잔에 입술이 닿으면 키스하는 듯한 느낌이 나고, 커피 잔 안쪽에 꽃무늬가 새겨져 있으면 커피를 마실 때 커피 향기와 함께 꽃향기가 확 밀려오는 듯해 더 기분 좋게 마실 수 있다. 삶 속에 늘 커피와 함께할 수 있어 행복하다.

커피는 차 중의 차다. 향기와 맛이 조화된 뜨거운 한 잔의 커피는 삶을 깊이 느끼게 하고 생각하게 한다. 아침에 일어나 마시는 한 잔의 커피는 코끝에 다가오는 향기와, 입술과 혀끝으로 느끼는 맛이 일품이다. 나는 매일 아침을 아내가 타주는 한 잔의 커피로 시작한다. 내가 기분이 좋거나 아내가 피곤한 날은 내가 아내에게 커피를 선물하기도 한다. 아내와 마시는 커피는 그 여운이 오래가기에 하루를 즐거움 속에 시작할 수 있다.

커피에 대한 시도 많이 썼다. 시를 쓸 때 커피가 있다는 것이 행복하다. 커피를 마실 때마다 인생이 곧 한 잔의 커피와 같다는 생각을 한다. 커피의 그 향기, 그 맛, 그 느낌이 좋다. 삶도 마찬가지다. 삶의 맛과 향기, 느낌과 멋이 있어야 살맛이 난다. 커피와 어우러진 시 한 편에는 삶이 녹아 있고 사랑이 녹아 있다.

가을은 커피의 계절이다. 그래서 가을에 마시는 커피는 더욱 그윽하게 느껴진다. 형형색색 단풍이 들고 가을비가 추적추적 내리는 날에는 커피 향이 그립다. 바바리코트를 입고 단골 카페에서 비 내리는 창밖을 바라보며 커피를 마신다. 이때 마시는 커피는 보통 때 커피 맛과는 전혀 다르다. 하얀 잔에 담긴 커피 색깔이 마치 가을 낙엽이 녹아 있는 물처럼 느껴진다. 고독의 계절인 가을에는 커피마저 가을 색으로 물들 어버린다. 가을에 마시는 커피는 가을 색이라 더욱 좋다. 가을 색 커피를 마시고 파스텔 톤 옷을 입은 연인과 함께 어디론가 떠나고 싶어지는 계절이 가을이다. 가을에는 가슴마저 갈색 사랑으로 물들이고 싶다.

글을 쓸 때 한 잔의 커피는 그 계절을 느끼게 해준다. 시인은 다른 사람이 못 느끼는 것, 그냥 스치고 지나가는 이미지를 형상화하는 작업을 하는 사람이다. 그러므로 한 잔의 커피는 시인에게 중요한 이미지다. 사랑하는 사람이 곁에 있고 함께 커피를 나눌 수 있다면 사랑의 노래는 더욱더 아름답게 써진다.

사랑이 녹고
슬픔이 녹고
마음이 녹고

온 세상이
녹아내리면
한 잔의 커피가 된다

모든 삶의 이야기들을
마시고 나면
언제나 빈 잔이 된다

나의 삶처럼
너의 삶처럼
  - 「한 잔의 커피 1」

삶 속에서 한 잔의 커피를 여유롭게 마실 수 있는 사람은 행복한 사람이다. 커피 향기를 느끼며 커피의 온도를 느끼며 사는 사람은 삶에 의미를 부여할 수 있는 사람이다. 작은 컵에 담긴 커피가 때로는 친구도 되고 위로도 되고 휴식도 된다. 오늘도 수많은 사람이 커피 잔에 입술을 갖다 대고 있다. 삶이 그만큼 외롭다는 증거다. 삶이 그만큼 쓸쓸하고 고독하다는 증거다. 여행을 떠나보면 여행지에는 어느 곳이나 유명한 카페가 있다. 유럽에는 수백 년이나 된 카페도 있다. 이상적이고 환상적인 카페에서 낭만을 느끼며 마시는 커피의 맛은 잊을 수가 없다. 여행지에서 마시는 한 잔의 커피는 여행의 피로를 덜어주고 잊지 못할 낭만과 추억을 선물한다.

나도 모를
외로움이
가득 차올라

뜨거운
한 잔의 커피를
마시고 싶은
그런 날이 있다

구리 주전자에
물을 팔팔 끓이고

꽃무늬가 새겨진
아름다운 컵에

예쁘고 작은 스푼으로
커피와 프림
설탕을 담아

하얀 김이 피어오르는
끓는 물을
쪼르륵 따라

그 향기와
그 뜨거움을
온몸으로 느끼며
삶조차 마셔버리고 싶은
그런 날이 있다

열정의 바람같이
살고픈 삶을 위해
뜨거운 커피로
온 가슴을 적시고 싶은
그런 날이 있다

– 「한 잔의 커피 2」

　나의 삶 곁에는 늘 커피가 가까이 있다. 여행 중에 기차에서, 고속버
스터미널에서 마시는 커피는 늘 사색하게 하고 긴 여운을 남긴다. 시
를 쓸 때면 늘 커피가 가까이에 있다. 그래서 『한 잔의 커피가 있는 풍
경』이라는 시집도 출간했다.

추운 겨울 여행을 떠났을 때 눈이 하얗게 내린 시골 간이역에서 기차를 기다리며 뽑아 마신 자판기 커피 맛을 잊을 수 없다. 기차를 기다리면서 언 몸을 녹이며 종이컵과 함께 조금씩 음미하며 마시는 커피는 마지막 한 방울까지 다 마시고도 한 잔 더 마시고 싶은 욕심까지 생기게 한다. 그리고 속으로 이렇게 말하게 된다. '그래, 커피는 바로 이 맛이야!' 여행 중에 마신 커피는 결국 『한 잔의 커피와 함께 떠나는 여행』이라는 한 권의 시집이 되었다. 아름다운 경치와 풍경이 있는 곳에는 꼭 아름다운 카페가 있고 향 좋은 커피가 있다. 그러므로 커피와 함께하는 여행은 더욱 즐겁다.

어느 해인가 아내와 커피를 마시며 농담으로 이런 말을 했다. "당신을 만날 때마다 커피는 내가 사겠습니다!" 그러자 아내는 "그래요, 나를 만날 때마다 커피는 당신이 사세요!"라고 말했다. 그래서 나는 아내와 함께할 때면 항상 커피를 사게 되었지만 행복하다. 왜냐하면 언제나 함께 커피를 마실 수 있는 사랑하는 사람이 곁에 있기 때문이다.

바다 건너
밤하늘 은하수처럼
샌프란시스코의 불빛이
아름답게 수놓아진
티뷰론에서 커피를 마신다

태평양이 내려다보이는
아름다운 도시
해변으로 밀려드는
사랑의 밀어

수많은 애환을 담아 가는
금문교 밑으로 사람들의
행복과 불행이 함께 흐르는 도시
티뷰론에서의 커피는
이국의 목마른 나그네의
그리움을 적셔준다

바닷가에 위치한
티뷰론 찻집에서
커피를 마시는 동안
어디서 왔는지도 모르는
연인들이 사랑을
꽃피우고 있다

어느새 내 커피 잔은 바닥을
드러내고 있다

- 「티뷰론에서」

　한 잔의 커피가 기분을 상쾌하게 만들고 마음의 방향을 전환시킬 때
가 있다. 전 세계 사람들이 1년 동안 마시는 커피는 놀랍게도 4천억 잔
이 넘는다고 한다. 전 세계에서 각 나라로 거래되는 교역량을 비교했
을 때 커피가 석유 다음으로 많다고 한다. 커피는 오늘을 살아가는 사
람들에게 생수 다음으로 많이 마시는 음료이자 많은 사람이 좋아하고
늘 곁에 두고 마시고 싶어 하는 차가 되었다. 한 사람이 하루에 커피를
석 잔 마시면 1년이면 천 잔이 넘는다. 2011년 한 해 동안 우리나라에

서 스타벅스의 아메리카노가 2천만 잔이나 팔렸다고 하니 정말로 엄청난 양의 커피를 마시는 것이다.

커피는 내 삶과 동행하는 친구와 같다. 아침에 일어나면 커피부터 찾고 휴식 시간에도 커피를 찾는다. 사람을 기다리고 만날 때도, 기분이 좋거나 나쁠 때도 커피를 찾는다. 시도 때도 없이 커피를 찾게 된다. 커피는 이제 가장 친한 동료가 되었다.

고독 속에 살다가 떠나가는 삶이다. 마음이 허전해질 때면 등 시린 사람들끼리 고단함을 다독거리며 정을 나누며 살아야 한다. 삶의 깊이를 느끼며 한 잔의 커피를 마실 때 고달픈 삶은 푸근하고 넉넉한 정으로 달래진다. 고독할 때는 따뜻하게 보듬어주고 감싸줄 수 있는 정겨운 사랑을 해야 한다.

삶의 깊이를 느끼고 싶은 날
한 잔의 커피로
목을 축인다

떠오르는 수많은 생각들

거품만 내며 살지는 말아야지
거칠게 몰아치더라도
파도쳐야지

겉돌지는 말아야지
가슴 한복판에 파고드는
멋진 사랑을 하며 살아가야지

나이가 들어가면서
늘 안타까운 마음이 든다
이렇게 살아서는 안 되는데
더 열심히 살아야 하는데
늘 조바심이 난다

가을이 오면
열매를 멋지게 맺는
사과나무같이
나도 저렇게 살아야지
하는 생각에

삶의 깊이를 느끼고 싶은 날

한 잔의 커피와
친구 사이가 된다

－「삶의 깊이를 느끼고 싶은 날」

08

어제보다 오늘을, 오늘보다 내일을

시 쓰기는 어렵게 생각할 필요가 없다. 편하게 마음의 표현이라 생각하면 된다. 시는 삶을 비유와 은유의 방법으로 있는 그대로 표현하는 작업이다. 짧은 글로 많은 것을 표현할 수 있다. 어느 누구나 자신의 삶의 체험을 써 내리기 시작하면 시의 세계로 입문하는 것이다. 누가 읽어도 공감할 수 있는 시를 써야 한다. 정지용의 「호수」, 푸시킨의 「삶」, 롱펠로의 「누구의 인생이든 비는 내린다」는 명작이면서도 쉽고 편하게 다가온다. 쉽게 표현한 시가 가장 수월하게 독자들의 눈에 읽힌다.

시는 어렵게 해설하는 것이 아니라 한 줄 한 줄 공감할 수 있고 화답할 수 있어야 한다. 온 세상을 사랑하는 마음으로 품어야 한다. 시는 어떤 벽도 쌓지 말고 어떤 경계도 긋지 말아야 한다. 시는 펄펄 살아 움직여야 한다. 이 세상의 모든 감성을 깨우고 낭만이 있는 세상을 만들어야 한다. 시인은 자신이 가지고 있는 언어의 가방을 풀어내 시를 써야 한다. 시인에게 가장 가까운 사람은 평론가가 아니라 독자다.

어느 날 길을 걷다가 길가에 외롭게 버려져 있는 돌멩이와 눈이 마주쳤다. 낯선 곳에서의 만남이지만 돌멩이의 외로움이 확 느껴졌다. 돌멩이가 시를 써달라고 하는 듯했다. 돌멩이를 보고 느낀 대로 짧은 시를 썼다.

길가의 돌멩이 하나

어느 등뼈 같은 바위에서
떨어져 나왔을까
고향은 어디일까
돌아갈 수 있을까
외톨이가 되었다

― 「돌멩이」

늦봄이 되면 민들레가 홀씨가 되어 날아간다. 민들레가 허공을 날아
가는 모습이 어찌나 아름다운지 시로 표현하고 싶었다. 마음껏 떠올라
어디론가 자유롭게 날아가는 민들레 홀씨를 보고 순간적으로 외쳤다.
앞서 말했듯이 시인에게도 때로는 순간 포착이 중요하다. 마치 사진을
찍는 순간같이 한순간의 연상이 한 편의 시가 될 때가 있다.

민들레가 바람났다
내년 봄까지
돌아오지 않을 것이다

― 「민들레」

어린 시절에 친구들과 냇가에서 하얀 종이배를 접어 시냇물에 띄워
보낸 적이 있다. 지금도 가끔씩 궁금해지곤 한다. 지금 종이배는 어디
쯤 떠내려가고 있을까? 그 종이배는 지금은 존재하지 않을 텐데도 내
마음속에서는 아직도 어디론가 떠내려가고 있는 것만 같다. 그래서 마
음속에 남아 있는 것들이 궁금증과 그리움을 만든다. 지난 추억은 아
름답다. 살아온 날들이 늘 기억해도 좋을 날이 되어야 한다.

144

시냇가에 띄운
내 어린 날의 종이배
어디로 갔을까
궁금했는데
내 그리운 추억 속에
고스란히 남아 있다
　- 「종이배」

새, 하면 자유가 떠오른다. 하늘을 나는 새를 보라. 얼마나 자유로운
가. 새는 하늘을 나는 자유를 얻기 위해 수없이 날갯짓을 반복한다. 자
유롭게 살고 싶다면 자신이 해야 할 일을 분명하고 확실하게 해야 한
다. 자유는 쉽게 얻어지는 것이 아니다. 대가를 지불해야 자유가 찾아
온다. 카리브 해변에서 푸르고 맑은 하늘을 나는 새를 바라보면 얼마
나 아름답고 자유로운가를 알 것 같다. 나도 자유를 누리고 싶다. 하늘
은 새에게 드넓은 공간을 마음껏 날 수 있는 자유를 선물했다.

허공을 움켜쥐려고
날았지만
하늘은 마음껏
날아보라고 자유를 주었다
　- 「새」

못을 바라보았다. 못이 과연 시가 될 수 있을까? 못을 바라보다가 콕
박혀 있는 독한 아픔을 느꼈다. 이 세상에는 스스로 마음에 못을 박고
우울증으로 괴로워하며 사는 사람도 있다. 남에게 상처를 주고 대못을

박으면서도 천연덕스럽게 모르는 척, 아닌 척 사는 몰인정한 사람도 많다. 형식적으로 잘해주려고 하기보다는 남이 싫어하는 것을 안 하는 것이 더 중요하다. 누군가가 아래 시를 읽고 말하길 '못'이란 단어에서는 아픔을 먼저 떠올렸는데 시를 읽어보니 도리어 남을 걸어둘 수 있는 '여유'를 연상할 수 있어서 좋았다고 했다.

깊숙이 파고들어야 한다
흔들리지 않도록
심장 속을 꿰뚫어야 한다

견디기 위하여
살아남기 위하여
고정되어야 한다

말이 필요 없다
두들겨 박히면 박힐수록
나는 너를 걸어둘 수 있는
하나의 의미로 살아남는 것이다
- 「못」

나는 넥타이를 잘 매지 않는다. 넥타이를 매면 매달려 있는 것 같아 왠지 싫다. 불안하고 답답하다. 어느 날 넥타이를 보고 있다가 문득 죽음이 생각났다. 잭슨은 "죽음이 찾아올 때는 나이와 업적을 참작하지 않는다. 죽음은 이 땅에서 병든 자와 건강한 사람, 부자와 가난한 사람을 구별 없이 쓸어 간다. 그러면서 죽음에 대비해서 살아갈 것을 우리

146

에게 가르친다"라고 말했다. 죽음은 늘 가까이 있는데 사람들은 그것에 대해 무감각하다. 살아 있다는 것이 얼마나 감사한 일인지 인지한다면 착하고 정직하게 살아갈 것이다.

삶과
죽음 사이에
잘 매어놓은 끈
– 「넥타이」

살아 있는 모든 것이 한없이 자유롭게 보인다. 그러나 자세히 들여다보면 살기 위한 몸부림이다. 숲 속의 커다란 나무들도 가지들을 힘 있게 뻗치고 있지만 다 살기 위한 몸부림이다. 보기 좋게 가려진 곳들도 자세히 들여다보면 속 태울 일도 많고 성한 곳 하나 없이 아프게 살아간다. 여유롭게 보이는 사람들도 세상사에 치여 쫓길 때가 있다. 온 세상 다 밝힐 듯이 환하게 웃고 있어도 피 맺힌 아픔에 온몸이 찌들어 있다. 삶을 살아가노라면 누구를 탓하고 원망해도 아무 소용이 없다. 서로의 가슴을 쪼아대면 쪼아댈수록 부딪치고 아프기만 하다. 마음의 틈새를 조금씩 열면 삶도 너그럽게 다가온다. 결국에 남는 것은 혼자라는 생각이 들었다. 삶은 처절한 외로움이다. 그러므로 함께하는 사람을 소중하게 사랑해야 한다.

모두 다
떠나고
혼자 남았다

모두 다
남고
혼자 떠났다
　　　－「삶」

삶에는 못다 한 아쉬운 사랑이 있다. 놓쳐버려 이루지 못한 사랑은
더없는 한이 된다. 때로는 시간의 길목을 막고 사랑하고 싶다. 첫사랑
은 언제나 순수하고 아름답게 남는다. 사랑을 이루지 못한 안타까움
때문이다. 다시는 돌아갈 수 없는 세월의 흔적으로 남아 있다. 언제나
그 자리에 그 모습 그대로 남아 있다. 첫사랑은 누구에게나 자신의 삶
속에서 가장 아름다운 사랑의 시작이라고 생각한다. 첫사랑은 순수하
다. 오랫동안 마음에 자리 잡는다. 이루지 못한 안타까움에 그리움으
로 남는다.

볼이 빨개졌지요

가슴이
두근두근
마구 뛰었지요

누가 내 마음 알까
숨고만 싶었지요
　　　－「첫사랑」

부산에 강의하려고 갈 때다. 김포공항에 가기 위해 택시를 탔는데 택

시 기사가 내게 직업이 무엇이냐고 물었다. 나는 시인이라고 답했다. 그랬더니 가로수를 소재로 즉흥시를 지어보라고 하는 것이었다. 그래서 가로수에 대한 이미지를 떠올려 보았다. 수많은 사람이 날마다 가로수를 보며 살아간다. 거리에 가로수가 없다면 얼마나 외롭고 쓸쓸할까. 거리에 서 있는 가로수가 삭막한 도시를 초록으로 장식해 숨 쉴 공간을 만들어준다. 가로수는 언제나 제자리에 서서 세월의 흐름을 지켜주고 있다. 가로수로 즉흥시를 만든 것은 운전기사 덕분이었다.

> 누구를 얼마나 사랑했길래
> 제자리를 떠나지 않고
> 죽을 때까지
> 기다리고 서 있다가 쓰러지는가
> ─「가로수」

운전기사가 즉흥시를 듣고는 "정말 시인이시네요! 가로수를 보고 즉흥시를 금방 지어내시다니요!"라며 감탄했다. 그러더니 거리의 가로등을 손짓으로 가리키며 이번에는 가로등으로 시를 써보라고 했다. 가로등을 그리면 왠지 외로움의 상징처럼 떠오른다. 가로등은 늘 홀로 서 있다. 비 오는 날도 눈 오는 날도 바람 부는 날도 거리를 밝혀주면서 늘 제자리에서 외롭게 서 있다.

> 그리움이 얼마나 가득했으면
> 저렇게 눈동자만
> 남았을까
> ─「가로등」

택시 기사는 또 감탄했다. 차가 김포공항으로 접어들고 있는데 이번에는 이정표를 가리키며 이정표로 시를 지어보라고 했다. 이정표는 어디로 가는지 방향을 알려준다. 이 세상에 수많은 이정표가 있지만 삶과 죽음을 알려주는 이정표는 없다. 행복과 불행을 미리 알려주는 이정표도 없다. 스스로 늘 깨닫고 일깨우며 살아야 한다. 우리는 항상 누군가를 그리워하고 만나고 싶어 한다. 거리에는 수많은 사람이 오가고 하루에도 많은 사람들을 만난다. 만남 속에 가장 중요한 것은 마음을 나누는 것이다. 인생이란 만남과 헤어짐의 연속이다. 어떤 사람을 어떻게 만나느냐에 따라 삶이 달라진다. 그륜베르그는 "누구에게도 사랑받지 못하는 것은 큰 고통이며, 누구도 사랑할 수 없다는 것은 죽음을 의미한다"라고 했다. 사랑은 치유할 수 없는 병이라 해도 누구나 앓고 싶어 한다. 사랑이라는 병 속에 빠져들면 모든 병을 다 고칠 수 있다. 사랑은 언제나 고통을 동반한다는 것도 잊어서는 안 된다. 아름다운 사랑일수록 이겨낸 아픔으로 인해 더욱 아름답다.

너는 나의 가는 길을
가르쳐주지만
나는 죽음의 날을 모르기에
살아간다.
-「이정표」

택시 기사는 시인을 만난 것만도 반가운데 즉흥시를 지어주어서 감동했다며 택시비를 안 받겠다 했다. 하지만 나는 택시비와 팁과 함께 시집 한 권을 선물했다. 운전기사는 마치 사랑하는 사람을 배웅 나온 것처럼 웃음 띤 얼굴로 손을 흔들며 떠나갔다. 짧은 시간이었지만 즐거운 만남이었다.

부산에 가서 강의를 끝내고 호텔에 묵게 되었다. 혼자인데 방은 왜 그리 큰 것을 주었는지 침대가 두 개나 되고 썰렁하고 허전했다. 갑자기 외로움이 밀려와 방문을 열었더니 머리 검은 밤바다가 한눈에 들어왔다. 낮에 보는 바다도 아름답지만 밤바다는 또 새로운 바다의 진면목을 보여준다. 어둠 속에서 바라보는 바다는 시커먼 파도가 휘몰아칠 때마다 무섭다는 생각이 들지만, 때로는 왠지 모를 시원함을 만들어주고 어떤 두려움도 이겨낼 수 있다는 생각을 갖게 해준다. 낮의 바다와 밤바다는 모습이 전혀 다르다. 바다는 두 얼굴을 가지고 있다. 삶도 마찬가지다. 삶의 기쁨과 고통을 알아야 삶을 노래하는 시인이 될 수 있다. 마음이 한편에 치우치면 부족함을 느끼게 된다. 사람은 누구나 행복해야 할 자유가 있다. 바다는 늘 떠나고 나면 그리워지는 곳이다. 다시 시간을 내어 머물고 싶게 만든다. 하지만 떠날 때는 떠나야 한다. 마음의 사진관에 찍혀 있는 바다를 만나러 다시 와야 한다.

밤새도록 파도가 밀려와
어둠을 한 움큼씩 한 움큼씩
물고 달아나니까
새벽이 오는구나

- 「파도」

시인은 자신의 삶 속에 언어의 잠재력을 가지고 있다. 잠재력이란 밖으로 표출되었을 때 엄청난 힘을 발휘한다. 잠재력을 찾는 것은 미진한 부분을 개척하여 자신의 영역을 넓히는 것이다. 때로는 장점이 숨겨져 있을 때가 있다. 짐 론이 말했다. "변화시키고 싶은 것이 있다면

151

당신이 변해야 한다. 그러지 않으면 아무것도 변하지 않는다." 변화시킬 수 있는 놀라운 힘은 숨어 있는 잠재력을 잘 발견하여 나타내야 한다. 글도 마찬가지다. 잠재력을 나타내는 것이다.

미켈란젤로가 망치를 들면 놀라운 작품이 나오지만 범죄자가 망치를 들면 사람을 피투성이로 만든다. 누구에게나 삶이 있다. 삶이 바로 문학의 도구다. 걸작으로 만드느냐 못 만드느냐는 조각가의 손에 달려 있다. 어떤 조각가에게 물었다. "당신은 어떻게 이렇게 놀라운 작품을 만들었는가?" 그러자 조각가는 "대리석에서 필요 없는 부분을 떼어냈더니 이런 좋은 작품이 되었다"라고 답했다. 시를 쓸 때도 필요 없는 언어는 떼어내야 한다. 언어의 함축이 필요하다. 삶이란 도구를 잘 사용하여 좋은 작품을 만들어야 한다.

김춘수 시인은 시를 쓰는 것에 대해서 "이 글을 쓰는 것은 나의 작시 과정이 남과 어떤 대화를 나눌 수 있는가를 알고 싶어서다. 이것마저 허영이라고 한다면, 나는 시에 대해 일체의 말을 삼가야 하고 시를 쓰는 일까지 그만두어야 한다"라고 말했다. 시인은 시를 통해 독자들과 늘 함께한다. 삶 속에서 체험한 것들을 시로 써서 독자와 대화를 나눈다.

시인은 시를 통해 자신의 마음을 표현한다. 안동 사람으로 이시명의 아내였던 정부인 장 씨는 시를 통해 손자 신급에게 자신의 마음을 "벗을 이별하는 네 시를 볼 때, 그 속에는 성인의 말씀이 있다. 내 마음은 기쁘고 또 경사스러워, 이 시를 적어 네게 주노라"라고 표현했다. 시는 시인과 독자 사이의 소통의 길이다. 사람들의 마음속에는 항상 날고 싶어서 몸부림치는 한 마리의 새가 있다. 우리는 때때로 마음을 활짝 열고 마음의 새를 저 푸른 하늘로 마음껏 날아가게 해야 한다.

당신의 가슴속에 살고 있는
새를 만나보셨습니까

날고파서
날개를 퍼덕이며 아파하는
꿈처럼 커다란 새를

가슴이 열리면
훨훨 날고자
기다리고 있지 않습니까

나는 보았습니다
가슴에 날고 있는 새를
새들은 앉기 위해
날고 있지만

나의 새는
사랑을 위해
날고파 합니다

- 「새」

09

느리게 걷기, 느림의 행복

시인은 언어 구사 능력이 있어야 한다. 시는 결코 단어를 조합해놓은 것이 아니다. 늘 사용하는 언어라도 잘 표현해야 한다. 변화를 주어야 새로운 시를 쓸 수 있다. 시는 살아서 사람들의 마음을 움직인다. 언어에는 강한 생명력이 있다. 시는 언제나 결과를 만들어놓는다. 시인은 각자 시인 나름대로 시적인 독특한 매력을 가지고 있다. 시인은 제각기 다른 이미지로 시를 쓰고 있다. 개성과 감정과 추구하고 목적하는 것이 다 다르다. 시인의 뛰어난 표현력에 시를 읽는 사람들이 공감할 때 힘 있는 시가 된다.

시인은 하루하루 어떻게 시를 쓸까 번민하고 고민하면서 살아간다. 시인이 숨겨진 감정을 마음껏 시에 담아 쏟아낼 때 그 시는 온 세상에 강물처럼 흘러내린다. 시인들의 시를 모든 사람이 다 기억해주지는 않는다. 누군가가 단 한 줄이라도 마음에 담고 음미하며 살아간다면 시인에게 있어서 더없이 기쁜 일이다. 예술 분야의 천재들은 타고난 끼를 발산하여 유명한 예술가가 된다. 예술의 완성에는 예술가의 땀과 눈물에 더하여 보이지 않는 숨은 노력이 절실하게 필요하다. 감동을 주는 시를 쓰는 시인이 되고자 한다면 독한 훈련으로 마음을 다져야 한다. 매일매일 반복되는 일상에 신선한 의미를 부여해 공감할 수 있는 시를 써야 한다. 시인의 눈에 자연을 담는 순간 마음이 풍요로워진다.

한 편의 시가 때로는 사람을 살릴 수도 있고, 더없는 고독의 나락으로 빠뜨릴 수도 있다. 한 편의 시가 세상을 변화시킬 수도 있다. 조선 인조 때 예조 참판을 지낸 김시진은 그의 시 「산을 가면서」에서 "한가한 꽃 절로 지고 고운 새들 지저귀니 오솔길의 맑은 그늘 또 푸른 시내이네. 앉아 졸고 다니며 읊어 가끔 시를 얻지만 산중에 붓이 없어 적을 수 없네"라고 노래했다. 시인은 늘 떠오르는 감성을 가슴에 담을 수 있어야 한다.

말은 모든 것을 표현하고 이루어낸다. 꿈을 갖고 사는 사람들은 늘 긍정적이다. 자신의 꿈을 분명하게 말하고 행동하며 이루어간다. 늘 비판을 일삼고 비관하는 사람들은 사사건건 불평을 늘어놓는다. 그러므로 꿈을 말하고 희망을 이야기하고 사랑의 말을 나누어야 한다.

삶을 살아가며 말이 참 중요하다는 것을 느낀다. 누구나 자신이 말한 대로 삶이 만들어진다. 자신이 한 말에는 책임을 져야 한다. 말만 앞세우지 말고 행동으로 보여주어야 한다. 조선 중기의 시인 서준익은 그의 시 「해주 남문루」에서 "시인은 이 맑은 가을에 공연히 시름한다. 십년 동안 글을 읽어 무슨 일을 이루었는가. 장한 마음은 부질없이 오구를 만져본다"라고 표현하고 있다. 시인은 가슴앓이를 하며 시를 쓴다.

가정에서든 직장에서든, 어디서나 자신의 일에 최선을 다하는 사람은 불평하지 않는다. "불평 끝, 행복 시작"이라는 말은 참으로 의미가 있다. 불평을 일삼는 사람들은 대부분 자신의 일에 최선을 다하지 않는 사람들이다. 땀과 눈물을 흘려 삶을 이루어가는 사람들은 타인을 쉽게 평가하거나 비판하지 않는다. 늘 남보다 못한 사람들이 숨어서 손가락질하고 불평을 늘어놓기 마련이다. 매사에 긍정적인 말을 해야 한다. 마음의 벽을 헐고 진실하고 솔직한 대화를 나누고 서로의 마음을 나누며 조화를 이루어가는 삶을 살아야 한다.

우리는 남을 배려하고 인정하고 칭찬하는 말을 해야 한다. 남을 먼저 배려해주고 칭찬해주면 내 마음이 더 넉넉해지고 풍요로워진다. 말은 부메랑이 되어 나에게 다시 돌아오기 때문이다. 남을 인정해주면 다른 사람도 나를 인정해준다. 화를 내면서 말하면 다른 사람도 화가 나게 되고, 웃으며 말하면 다른 사람도 웃으며 말한다. 그래서 세상을 아름답게 보는 사람은 세상의 모든 것을 아름답게 보지만 세상을 악하게 보는 사람들은 모든 것을 악하게 보는 습관이 있다. 다른 사람들이 하는 것은 무조건적으로 잘못되었다고 하는 것이다. 이보다 어리석은 생각이 어디에 있겠는가. 넉넉하고 따뜻한 마음을 가져야 한다. 혼자 사는 세상이 아니다. 함께 살아가야 하기에 나보다 먼저 남을 생각해주어야 한다. 이 세상은 너와 나 그리고 우리가 잘 조화되어 멋지게 살아야 한다. 때로는 말 한마디가 사람들의 삶을 통째로 바꾸어놓는다. 희망과 축복의 말을 해주면 사람들은 표정이 아주 밝아진다. 가족들에게도 친구들에게도 늘 희망의 말을 건네면 자신의 마음에도 희망의 등불이 환하게 밝혀질 것이다.

우리는 유머와 여유가 있는 말을 해야 한다. 유머는 딱딱하게 굳었던 표정 없는 사람들의 얼굴에 웃음꽃을 피워준다. 웃음은 마음에 여유를 만들어주고 매사에 적극적으로 뛰어들게 만든다. 유머가 있는 사람은 어디서나 행복을 선사한다. 부모가 유머가 있으면 아이들의 얼굴이 밝아진다. 잘 익은 유머 한마디가 행복이란 열매를 맺게 한다. 늘 기쁨과 웃음 속에 살면 불행이 비집고 들어올 틈이 없어진다. 자신의 말만 쏟아놓으려 하지 말고 타인의 말을 잘 들어주어야 한다. 매사에 간섭하려고만 하지 말고 관심을 갖고 들어주어야 한다. 우리는 만나면 좋고 함께 있으면 더 좋고 떠나가면 그리운 사람이 되어야 한다. 함께 있으면 왠지 행복해지는 사람이 되어야 한다.

수없이 많은 사람과 만나고 헤어지는 삶이다. 그러므로 행복과 여운이 남는 말을 해야 한다. 행복을 주는 말, 사랑을 주는 말, 희망을 주는 말, 격려가 되는 말이 필요하다. "그대가 있어 참 행복하다!"라는 말은 하는 사람도 듣는 사람도 기분이 좋아지게 만든다. 다시 보고픈 사람이 될 정도로 기분 좋은 말을 해야 한다. 그래야 나도 행복하고 주변 사람도 행복하다.

산책을 하다가 들꽃을 만나도 반갑다. 사람은 원래 고독할 때 작은 꽃도 보이고 모든 것을 사랑하고 싶어진다. 들꽃을 사랑하는 사람은 정이 있고 인간미가 있다. 스위스 알프스 산에서 만난 들꽃들은 너무나 아름다웠다. 산에 오르면 수없이 많은 들꽃이 웃음으로 반갑게 맞아준다.

들꽃을 가까이 볼 수 있다는 것은
나를 옭아매던 것들에서 벗어나
마음의 여유를 갖게 되었다는 것이다

숲 향기를 온몸에 받으며
들꽃을 바라보며
그 아름다움에 취할 수 있다는 것은
그만큼 마음이 맑아졌다는 것이다

늘 벗어나려 몸부림치면 칠수록
생각하는 것들이 바뀌는 순간부터
우리의 삶은 달라지기 시작한다

번잡한 일상에서 벗어나

160

들꽃을 바라보면
마음이 너그러워진다

이름을 알 수 없는 들꽃이지만
알려지지 않은 곳에서
어떤 이유도 말하지 않고
어떤 조건에도 굴하지 않고
온몸을 다하여 피어난다는 것은
참으로 놀라운 일이다

틀 안에 숨어 살며 괴로움에 빠지기보다
들꽃을 바라보면
마음이 편안해진다
마음이 진실해진다

    — 「들꽃을 볼 수 있다는 것은」

    시인은 사색한다. 사색하는 시간이 절실하게 필요하다. 사색하는 시간 없이, 아무 생각 없이 허둥지둥 살다 보면 후회막급한 일들이 생긴다. 사색은 마음의 창고에 생각의 씨앗을 담아놓는다. 사색하는 시간이 줄거나 없어지면 성격이 급해지고 거칠어지고 실수가 많아진다. 자기중심적이 되어 불평과 불만이 늘어난다. 사색이란 어떤 것에 대해 깊이 생각하고 관조하는 것이다. 몸과 마음이 평온해지도록 고요함을 즐기는 것이다. 혼자일 때 진정한 사색을 할 수 있다. 홀로 사색하는 것은 자기 자신을 들여다볼 수 있는 시간을 마련해준다. 사색은 자신을 스스로 바라보고 느끼고 생각하는 것이다. 꽉 닫힌 마음의 뚜껑을 열고 들어가 생각을 정리하는 시간을 갖는 것이다. 긍정적인 생각을 하면 마음이 밝아지고 웃음꽃이 피어나고 눈이 맑아지는 것을 느낄 수 있다. 사색하여 마음이 긍정적으로 변하면 삶의 모습이 달라진다.

헨리 데이비드 소로는 사색에 대해 이렇게 말했다. "사색함으로써 우리는 본심을 잊는 일 없이 열중할 수 있다. 의식적인 노력으로써 우리는 행위와 그 결과에서 초연히 서 있을 수 있다. 그리고 만사는 선이든 악이든 격류처럼 우리 옆을 지나간다. 우리는 자연 속에 완전히 휩쓸려 있지는 않는다. 나는 물결에 흘러가는 나무토막일 수도 있고, 또는 공중에서 그 나무토막을 내려다볼 수도 있다. 내가 숲으로 들어온 것은 깊이 생각하며 살고 싶어서였다. 삶에서 필요한 것들만 마주하고 싶어서, 삶이 내게 반드시 가르쳐주어야 할 것들을 숲에서 혼자 살면서도 배울 수 있을지 알고 싶었기에, 그리고 죽음이 다가왔을 때 나는 나의 삶을 산 것이 아니었다고 말하지 않기 위해서."

사색하는 시간만큼은 주위가 산만하지 않도록 해야 한다. 사색을 통해 꿈을 만들고 행복을 추구하고 사랑에 빠져들어야 한다. 사색은 생각이 행동으로 나갈 길을 잘 열어준다. 나무들은 자신의 모든 힘을 다해서 가지를 하늘로 뻗는다. 시인도 나무처럼 살아야 한다. 사색과 생각 없이 써지는 시는 없다. 시는 생각과 사색의 산물이다. 사색할 시간도 없이 바쁘게 정신없이 일하다 보면 생각지 않은 곳에서 문제가 발생한다. 그때는 후회할 겨를도 없다. 사색할 시간을 가지면 삶에 생기가 돈다. 시간이 있을 때 공원이나 한적한 길을 산책하며 사색을 즐기면 삶이 행복해진다.

산책을 하며 천천히 걸으면
제자리에 있는 것들은 스쳐 지나가듯

바라보는 즐거움이 있다

녹색의 나무와 제철을 맞아 피어나는 꽃
작은 풀과 넓은 호수
그리고 만나는 사람들이 모두 다 정겹다

늘 쫓기던 일상에서 잠시 떠나
한가롭게 걷는다는 것은
삶 속에 여유를 만드는 것이다

힘들고 어려운 일에서 벗어나
꽉 막혔던 마음을 활짝 열고
자유로움을 느낀다는 것은
행복과 만나는 것이다

산책은
일상의 반복 속에서 잃어버렸던
자신을 바라보고
자연을 만날 수 있는
큰 즐거움을 만드는 시간이며
긴장된 마음과 육체를 풀어주는
적절한 운동이다

─「산책 1」

산책을 하는 것은
마음을 편안하게 갖고 살아가는 법을
터득하는 것이다

늘 어깨를 짓누르는 무거움과
긴장과 걱정이 꼬리를 물고 늘어져
자신의 틀 안에 갇혀 있던 마음을
숨 쉬게 하는 것이다

산책을 하면
소심했던 마음이 넓어지고
우울함이 사라져 밝아지고
나약했던 가슴이 튼튼해진다

산책을 자주 하면
마음을 편안하게 가질 수 있는 여유가 생겨
끈질기게 달라붙는 욕심과 욕망에서 벗어나
안락하게 휴식을 취할 수 있다

자연을 관심 있게 바라보며
갇혀 있던 그물에서 벗어나 희망을 갖고
삶을 활기차고 명쾌하게 즐기는 시간이다

‒「산책 2」

길은 걸으면 걸을수록 마음이 편안해진다. 잔잔한 마음으로 안정감을 느낄 수 있다. 길을 걸어본 사람이 느낄 수 있는 즐거움이 있다. 천천히 걸어본 사람이 느림의 행복감을 만끽할 수 있다. 삶의 분주함 속에서 잠시 잠깐 멈추어 느림의 법칙대로 걸어보면 한결 마음이 따뜻해지고 편안해진다. '아! 이래서 사람들이 천천히 여유롭게 걷는구나!' 하는 생각을 하게 된다. 산책을 하면 나무들과 대화를 할 수 있다. 자신과도 미뤄두었던 대화를 나눌 수 있는 가장 좋은 시간이다.

길을 걷는다는 것은
갇혔던 곳에서
새로운 출구를 찾아 나가는 것이다

천천히 걸으면
늘 분주했던 마음에도 여유가 생긴다

걸으면
생각이 새로워지고
만남이 새로워지고
느낌이 달라진다

바쁘게 뛰어다닌다고
꼭 성공이 보장되는 것은 아니다
사색할 시간이 필요하다
삶은 체험 속에서 변화된다

가장 불행한 사람은

자기라는 울타리 안에
자기라는 생각의 틀에
꼭 갇혀 있는 사람이다

길을 걷는다는 것은
살아 있음을 느끼게 하고
희망을 갖게 한다
- 「길을 걷는다는 것」

날씨가 화창하면 기분이 상쾌해진다. 꽃은 활짝 피어야 유쾌해진다. 유쾌한 마음이란 행복하고 기분 좋은 감정이 가득한 것이다. 매사에 적극적인 사람이 엉킨 것도 잘 풀어가며 즐겁게 일한다. 루스벨트는 "성공의 공식 중에 가장 중요한 요소는 다른 사람과 잘 지내는 것이다"라고 말했다. 살다 보면 고통의 가시에 찔리는 가슴 아픈 경험을 누구나 하게 된다. 어떤 순간에도 한눈팔지 않고 열심히 뛰며 살면 생활이 유쾌해진다. 꿈이 현실이 되면 즐거운 일들이 많이 일어나 경쾌하게 웃으면서 일할 수 있다. 때때로 힘들고 지쳐도 "하하하!" 하고 기분 좋게 웃으며 훌훌 털어버리고 기분을 전환하는 습관을 가져야 한다. 아주 사소한 일에도 즐거운 마음을 갖는 사람이 되어야 한다. 유쾌하게 살면 나이보다 젊어 보인다. 그래서 사람들에게 "젊어 보여요! 참 멋지게 사시네요!"라는 칭찬을 듣게 된다. 사는 것이, 일하는 것이 즐거움이 되어야 한다. 서툴면 어떤가. 부족하면 어떤가. 언제나 즐겁게 최선을 다하면 피곤하기보다 보람을 느끼고 행복해진다.

아주 작은 것부터 소중하게 여기면 모든 것이 조화를 이룬다. "오늘을 잘 보내면 내일도 잘된다"라는 마음으로 살면 안될 것이 없다. 항상 유쾌한 마음이 샘물처럼 솟아 나와야 한다. 유쾌하게 살면 좋은 기회도 자주 찾아오고 행운도 따르게 된다. 기왕에 사는 인생 짜릿하게 성취감과 보람을 누리며 살자.

시인이 되고 싶다면 책을 많이 읽어야 한다. 나는 중학교 2학년인 15세 때의 어느 국어 시간에 시인의 꿈을 꾸게 되었다. 그리하여 15세 때부터 지금까지 약 2만 5천 권 이상의 시집을 읽었다. 헌책방을 돌아다니면서 초판 시집을 사고 모았다. 성경도 수백 번 이상을 정독했다. 1997~1998년까지 1년 동안은 3천 권 이상의 시집을 읽기도 했다. 2001년에도 천 권의 시집과 책을 읽었다. 2008년에는 4천 권의 시집을, 2009년에는 2천 권의 시집을, 2010년에는 4천 권의 시집을 읽었다. 책을 읽으면 간접경험을 할 수 있음은 물론이고, 문장력과 어휘력이 늘어나고 새로운 이미지를 구상할 수 있다.

우리의 두뇌는 자꾸만 써야 발전을 한다. 언어를 연상하고 사건을 연상하고 인물을 연상하고 어떤 장소를 연상하면 언어가 풍부해지고 연작시를 쓰는 데도 도움이 된다. 이미지 연상이 부족하면 많은 시를 쓰더라도 언어의 부족을 심각하게 느끼게 된다. 시인이 되려면 습작 기간을 많이 가져야 한다. 나는 습작 기간을 장장 20년을 가졌다. 15세 때에 시를 쓰기 시작해서 20년 후에 첫 시집을 출간했다. 그리고 주변 사람들이 좋은 작품이라고 칭찬해줄 때 안주하지 않고 계속해서 새로운 변화를 가졌다. 시인은 누구나 자신이 걸작을 쓰고 있다고 착각할 수가 있다. 그러나 그것은 금물이다. 계속해서 새로운 작품을 구상해야 한다.

시는 곧 시인의 삶이다. 나의 삶은 온통 시 속에 빠져 있다. 때로는 모든 것이 시로 보인다. 나에게는 '수도꼭지'라는 별명이 있다. 틀면 시가 쏟아진다는 것이다. 그 정도로 나는 시 속에 빠져 살고 있다. 빠져 있을 때 좋은 작품을 쓸 수가 있다. 사랑도 푹 빠져야 멋진 사랑을 할 수 있는 것과 같다. 누군가 내 마음을 알아주고 읽어준다면 행복하다. 우리도 다른 사람의 마음을 따뜻하게 읽어줄 수 있다면 행복할 것이다.

세상에는 언제나 서로의 마음을 읽어주는 사람들이 있다. 그런 사람들과 함께할 때 평화가 존재하고 사랑하며 살아갈 수 있는 힘이 난다. 자신의 마음을 잘 읽어내고 다른 사람의 마음도 읽어주어야 한다. 월킨슨이 "당신의 마음속으로 들어가서 당신이 무엇인지 그리고 무엇이 될 것인지 읽어보라"라고 말했다. 헤르만 헤세는 "마음속에는 언제라도 숨을 수 있고 본래의 자기의 모습을 되찾을 수 있는 안식처와 평화가 있다"라고 말했다.

사랑이 눈을 뜰 때면
신비한 빛으로 싹트는
푸른 가슴이 되어
순간이 영원처럼
느껴지는 것은 놀라운 일입니다

온 세상이
단 한 사람의 표정으로 바뀌어가고
꿈도 현실이 되는
이 신비한 세계는
단둘이 만드는
크나큰 사랑의 천국입니다

당신의 눈빛이
당신의 손길이

당신의 가슴이
이렇게 설레게 하는
놀라운 힘을 가짐을 몰랐습니다

나의 마음은 좁은 듯 날고만 싶고
만나는 사람마다
"사랑하고 있어요"
외치고 싶습니다
- 「사랑이 눈을 뜰 때면」

　사랑은 단 하나의 사랑만이 존재할 수 있다. 사랑은 결코 나눌 수도 갈라질 수도 없다. 한 사람만 목숨 걸고 사랑할 수 있다면 가장 아름답고 진실한 사랑이라 말할 수 있을 것이다. 이 세상에서 단 한 사람을 목숨을 다해 사랑하고 후회하지 말아야 한다. 그보다 아름다운 사랑은 지상에 없다. 사랑의 감정은 수많은 색깔과 그림을 만들어낸다. 우리가 하고픈 사랑은 어떤 사랑인가? 사랑이란 이름의 그림을 멋지게 그려놓고 싶다. 사랑의 그림을 그리는 사람은 행복하다. 사랑은 마음에서 시작하여 눈빛으로 전달된다. 삶을 아름답게 만들고 싶다면 지금부터라도 사랑의 물감을 만들자. 사랑을 그리자. 그 그림 속으로 뛰어들자.
　톨스토이는 단편 소설 「사람은 무엇으로 사는가」에서 "모든 사람은 걱정으로 사는 것이 아니라 사랑으로 살아간다는 것을 알게 되었다"라고 했다. 걱정을 떨쳐버리고 일생 동안 사랑하며 살자. 당신의 얼굴에서 사랑의 꽃이 피어날 때 행복하다. 당신의 눈빛을 받으면 받을수록 사랑하고 싶다. 마음의 창인 눈으로 바라보는 모습이 너무나 사랑스럽다. 평생토록 보내준 좋은 인상을 늘 간직하며 살고 싶다. 늘 다정한 눈빛과 따뜻한 손길을 보내준 당신을 사랑한다. 아름다운 사랑에 빠진 사람의 얼굴은 행복의 빛으로 빛난다. 사랑에 빠지고 싶다.

이 세상에 그대만큼
사랑하고픈 사람 있을까

처음 만났을 때부터
내 마음 송두리째 사로잡아
머무르고 싶어도
머무를 수 없는 삶 속에서
그대를 사랑함이 좋다

늘 기다려도 지루하지 않은 사람
내 가슴에 안아도 좋고
내 품에 품어도 좋은 사람
단 한 사람일지라도
목숨처럼 사랑하는 사람이 있다는 것은
행복한 일이다

아무리 생각하고 또 생각하고
눈을 감고 생각하고
눈을 뜨고 생각해보아도
그대를 사랑함이 좋다

이 세상에 그대만큼

사랑하고픈 사람 있을까

― 「이 세상에 그대만큼 사랑하고픈 사람 있을까」

오늘은 아주 기분 좋은 일이 생겼으면 좋겠다. 꿈이 이루어지고 생각했던 일들이 현실이 되었으면 좋겠다. 소망했던 일들이 눈앞에 펼쳐졌으면 좋겠다. 뜻밖에 반가운 친구를 만나고 싶다. 늘 그리워했던 사람들을 만나고 싶다. 보고 싶었던 이들을 만나고 싶다. 생각지 않았던 행운이 찾아왔으면 좋겠다. 오늘은 아주 신나는 일이 생겼으면 좋겠다. 만나는 모든 사람이 행복해 보이고 살아 있음을 만족하면 좋겠다. 내일을 살아가는 희망이 가슴 가득 차올랐으면 좋겠다. 마음껏 환호하고 싶은 일들이 많았으면 좋겠다. 기뻐할 일들이 많았으면 좋겠다. 언젠가 오늘을 떠올리면 그날이 있어 행복했다고 말하고 싶다. 사랑하는 사람이 있어서 가슴 벅찼다, 동행하는 사람이 있어서 편안했다, 언젠가 세월이 흘러 오늘을 떠올리게 되면 그날이 있어 눈부신 삶이었다고 말하고 싶다. 하고픈 일이 있어서 기대를 하며 살았고 이루고 싶은 목표가 있어서 설레었다고 말하고 싶다.

사랑에 깊이 빠지지 않은 사람은 인생을 잘 모른다. 이 지상에 사랑하는 사람이 살고 있다는 것은 행복한 일이다. 아름다운 사랑은 아름다운 시를 만들어준다. 사랑을 하면 그리움이 생긴다. 그 사랑은 아름다운 사랑이다. 독일의 시인 보덴슈테트는 "사랑은 생명의 꽃이다"라고 말했다. 삶 속에서 사랑을 꽃피워야 한다. 체호프는 "사랑을 얻는 것은 모든 것을 얻는 것이다"라고 말했다. 지금 주변 사람들을 살펴봐라. 사랑하고 있는 사람들의 모습을 봐라. 얼마나 행복한 모습인가? 우린 모두 사랑의 힘으로 살아간다.

내 심장에 사랑의 불이 켜지면
목 안 깊숙이 숨어 있던
사랑한다는 말이 하고 싶어
입안에 침이 자꾸만 고여든다

그대 마음의 기슭에 닿아서
사랑의 닻을 내려놓을 때
나는 외로움에서 벗어날 수 있다

내 가슴을 진동시키고
눈물겹도록 사랑해도 좋을
그대를 만났으니
사랑의 고백을 멈출 수가 없다

견디기 힘들었던 시간이 지나고 나면
속 태우던 가슴앓이 다 던져버리고
그대에게 사랑한다는 말을 할 때
내 슬픔은 끝날 것이다

외로웠던 만큼 열렬하게 사랑하며
무성하게 자랐던 고독의 잡초를 잘라버리고
사랑의 새순이 돋아 큰 나무가 될 때까지
그대를 사랑하겠다

- 「사랑한다는 말을 하고 싶을 때」

삶에는 흥미가 가득하다. 거칠고 격렬한 삶에 마음을 통째로 흔들어 놓을 벅찬 감동이 필요하다. 감동은 삶에서 최고의 명장면을 만든다. 길을 가다가도 생각만 해도 좋아서 감격의 눈물이 흐르고, 너무나 기뻐서 마구 소리 지르고 싶고, 자랑하고 싶은 신나는 일들이 있어야 한다. 살면서 힘들고 어려운 일들이 얼마나 많은가? 절망 속에 살아가는 사람들이 얼마나 많은가? 작은 기쁨이라도 찾아와 마음껏 웃을 수 있는 시간이 있어야 한다.

헤르만 헤세는 "번뇌의 한편에 기쁜 웃음이 있고, 장례식 종소리와 함께 아이들의 합창 소리가 들리고, 곤궁과 비천 곁에 은근과 기지와 위로와 웃음이 있는 것을 보면 볼수록 이 세상은 훌륭하고 감동적이라고 생각하지 않을 수 없다"라고 말했다. 세상에는 감동을 주는 사람들이 많다. 모든 분야의 수많은 사람이 감동을 선물한다. 감동은 차갑고 쓸쓸한 세상을 살아갈 따뜻한 용기를 준다. 가족과 주변 사람들에게 감동을 주면 세상은 밝아지고 행복해진다. 밀레는 "타인을 감동시키려면 먼저 자기가 감동하지 않으면 안 된다. 그러지 못하면 제아무리 우수한 작품일지라도 생명이 길지 못하다"라고 말했다. 사람들은 슬픔을 원하지 않는다. 사랑은 눈빛에서 시작된다고 한다. 누구나 이루어지는 사랑을 원한다.

셰익스피어는 "사랑에는 진실이 넘치지만 정욕에는 날조한 허망이 가득 차 있다. 꽃에 향기가 있듯이 사람에게도 품격이라는 것이 있다. 꽃도 생생할 때 향기가 신선하듯이 사람도 그 마음이 맑지 못하면 품격을 보전하기가 어렵다. 썩은 백합꽃은 잡초보다 오히려 냄새가 더 고약하다"라고 말했다. 사랑의 고백은 진실해야 한다. 순수함은 삶을 아름답게 만든다. 괴테는 "모든 예술에 있어서 자연은 마르지 않는 샘이다. 가령 그 샘에서 가장 완성된 모습을 찾지 못한다 하더라도 그것은 끊임없는 창조의 모습이다. 정말 자연이야말로 마르지 않는 것이다. 그 모습 속에 생생한 생기 있는 것을 꾸밈없이 비쳐주는 것이다"라고 말했다. 평생을 사랑하는 사람과 순수한 사랑을 나눌 수 있다면 얼마나 행복한가.

영화 〈벤허〉는 1907년 15분 길이의 무성 흑백영화로 처음 만들어졌다. 그리고 1925년 다시 무성영화로 리메이크되었다. 오늘날 우리가 알고 있는 〈벤허〉는 1959년 제작된 윌리엄 와일러 감독의 작품으로 찰턴 헤스턴이 주연을 맡고 제작 기간만 해도 10년이 걸린 대작 영화다. 와일러 감독은 시사회 때 자기 영화를 보면서 큰 감동을 받아 자리에서 벌떡 일어나서 외쳤다고 한다. "오! 하느님! 이 영화를 정말 제가 만들었습니까?" 자신이 이루어놓은 것을 볼 때 이런 감동이 일어나야 한다. 자신도 놀랄 만큼 감동스러운 일을 만들어야 한다.

그대를 만나던 날
느낌이 참 좋았습니다

착한 눈빛, 해맑은 웃음
한마디, 한마디의 말에도
따뜻한 배려가 담겨 있어
잠시 동안 함께 있었는데
오래 사귄 친구처럼
마음이 편안했습니다

내가 하는 말들을
웃는 얼굴로 잘 들어주고

어떤 격식이나 체면 차림 없이
있는 그대로 보여주는
솔직하고 담백함이
참으로 좋았습니다

그대가 내 마음을 읽어주는 것 같아
둥지를 잃은 새가
새 보금자리를 찾은 것만 같았습니다
짧은 만남이지만
기쁘고 즐거웠습니다

오랜만에 마음을 함께
나누고 싶은 사람을 만났습니다

사랑하는 사람에게
장미꽃 한 다발을 받은 것보다
더 행복했습니다

그대는 함께 있으면 있을수록
더 좋은 사람입니다

- 「함께 있으면 좋은 사람」

문학은 생활의 진실을 표현한다. 인간은 홀로 살 수 없는 존재다. 고
독보다 무섭고 처절한 병은 없다. 인생이라는 길에서 누군가와 동행해
야 한다. 영국의 시인 콜리지는 "만나고 알고 사랑하고 헤어지는 것이

사람들의 공통된 슬픈 이야기다"라고 말했다. 삶을 행복하게 하는 것은 좋은 만남을 통해서 이루어진다. 내 마음이 열려 있을 때 상대방을 받아들일 수가 있다. 먼저 사랑을 시작해야 한다. 세상의 모든 음악, 모든 미술, 모든 조각품, 모든 문학을 짜 내리면 사랑이 쏟아진다. 사랑을 떠나서는 그 어떤 것도 존재할 수 없다. 사랑을 하자! 사랑은 인생에서 가장 아름다운 순간을 만든다.

찰리 채플린은 자신만의 독특한 코미디로 무성영화 시대에 전 세계 사람들을 웃기고 감동시켰다. 그는 사랑하는 사람을 만나자 "당신을 좀 더 일찍 만났다면 사랑을 찾아 헤매는 일은 없었을 것이다. 세상에서 단 한 사람에게만 느낄 수 있는 것이 바로 사랑이다"라고 고백했다. 자신의 모든 것을 바쳐 사랑할 수 있는 사람을 만나는 것은 기적이요, 행운이다. 삶 속에 가장 큰 축복이다. 사람들은 이 축복의 주인공이 되기를 원한다. 오늘은 당신이 사랑의 주인공이다.

사랑은 마냥 순탄하게만 흘러가지 않는다. 갖가지 시련과 역경을 거치게 되어 있다. 다가온 시련과 역경을 어떻게 극복하는가가 중요하다. 클린턴 대통령이 백악관 스캔들로 세계 여론에 질타를 당할 때 아내 힐러리 클린턴은 들끓는 언론에 지혜롭게 대처했다. 언론을 향해 "극심한 고통과 분노의 시간이 있었지만 내 인생의 절반을 그와 함께했다. 그는 좋은 사람이다. 어떤 일이 있어도 이어질 깊은 끈이 우리 사이에는 존재한다. 그것이 사랑이다"라고 말하며 자신의 사랑을 지켜냈다. 정말 현명한 여성이다. 남성들은 여성들이 다 힐러리 클린턴이 아니라는 것을 분명하게 기억해야 한다. 당신의 아내의 눈빛은 차갑고 매섭다. 잘못된 행동을 용서하지 않을 수도 있다는 것을 명심해야 한다. 사랑은 관심과 배려가 충분해야 잘 자란다.

10

세상의 모든 것이 시가 되어

시를 쓰려면 연상을 잘해야 한다. 시인은 눈에 보이는 것과 보이지 않는 것을 시로 표현한다. 시인은 보고 듣고 느낄 수 있는 것을 쓴다. 시 속에서 소리를 들을 수 있고 그림을 볼 수 있고 시인의 마음을 바라볼 수 있다. 시인은 상상을 통해 들판으로 나갈 수 있고 바다로도 떠날 수 있다. 연상을 통해 세계 여러 나라를 여행할 수 있고 수많은 사람을 만날 수 있다. 시인은 자연과 사람과 상상했던 것들을 시로 쓴다. 시인의 연상의 세계는 끝이 없는 넓고 넓은 세계다.

조지훈 시인은 "꽃이 지는 아침은 울고 싶다"라고 했다. 이 세상에 태어나 시인으로 살아가는 즐거움이 크다. 삶의 희로애락을 시로써 나타낼 수 있으니 얼마나 기쁜 일인가. 시는 삶의 진실을 가르쳐준다. 시인의 최초의 독자는 바로 자신이다. 그래서 시는 솔직하고 진실하게 써야 한다. 시인의 마음을 쏟아놓지 않으면 거짓이 된다.

시를 쓰는 목적은 무엇인가? 아름답고 행복한 세상을 만들고 감정을 변화시키기 위해서다. 사랑을 나누며 살아가는 세상을 만들기 위해서다. 시를 쓰는 기쁨은 시를 통해 아름다운 사랑의 열매가 곳곳에서 열리는 것을 볼 때 찾아온다. 나는 시를 쓰면서 늘 부족함을 느낀다. 더 많은 것을 알고 깨닫기를 바라는 마음이다.

시인으로 살아가는 것에 즐거움을 주는 것은 무엇인가? 바로 마음속의 진실을 독자와 나누는 것이다. 언제나 삶을 노래하는 마음으로 살아야 한다. 사랑을 나누는 시를 쓰는 시인의 삶을 살아가고 싶다. 연상하고 떠올렸던 것들이 시가 되어 써질 때는 기분이 좋다. 시인의 삶이 너무 분주하거나 복잡하면 연상이 잘 되지 않는다. 시인은 시를 떠나면 힘을 잃는다. 시인의 눈동자에 비쳐오는 세계를 바라보며 가슴으로 시를 써야 한다.

시의 소재는 어디서나 얻을 수 있다. 풀 한 포기, 꽃 한 송이, 나무 한 그루, 산, 들, 강, 별, 거리, 도시, 시골, 여행지, 사람들, 아픔, 기쁨, 감정의 변화, 시련, 고통, 체험 등 수많은 것을 연상하면 시의 싹이 돋아나온다. 전경옥 시인은 "시는 나의 무엇일까? 고통일까? 기쁨일까? 시는 언어의 최고의 표현이란 말을 나는 사랑한다. 언어를 통해 사물을 다시 보고 언어를 통해 체험과 상상의 감동을 즐기고 크고 작은 나의 꿈도 만나게 되리라는 생각에 부풀고 있다. 나의 고통과의 싸움, 나의 영혼과의 싸움, 저 아름답고 슬픈 감성의 분신들을 붙잡기 위해 나는 계속해서 아파할 것이다"라고 말했다.

사랑을 연상하면 수많은 단어가 떠오른다. 만남, 이별, 포옹, 입맞춤, 눈빛, 기다림, 헤어짐, 아픔, 후회, 기쁨, 감사, 고통, 시련, 편지, 전화, 커피, 술, 담배, 여행, 웃음, 장미꽃, 슬픔, 비애, 미움, 갈등, 음악, 영화, 고독, 눈물, 원망, 따뜻함, 정류장, 열정, 설렘 등등. 이런 식으로 소재를 계속해서 연상하면 수많은 단어를 접할 수 있고 표현의 능력이 생긴다. 사랑의 표현을 연상해서 사랑시를 써보자. 시는 곧 표현이다.

내가 사랑하는 사람아
이 한목숨 다하는 날까지
사랑하여도 좋을 나의 사람아

봄, 여름, 그리고 가을, 겨울
그 모든 날들이 다 지나도록
사랑하여도 좋을 나의 사람아

내가 사랑하는 사람아
내 눈에 항상 있고
내 가슴에 항상 있어
늘 그리움으로 가득하게 하는
내가 사랑하는 사람아

날마다 보고 싶고
날마다 부르고 싶고
사랑의 날들이 평생이라 하여도
더 사랑하고 싶고
또다시 사랑하고 싶은
내가 사랑하는 사람아
－「내가 사랑하는 사람아」

시인은 메모를 하는 습관이 필요하다. 어느 날 한순간 떠오른 문구를 메모해놓지 않으면 사라지고 만다. 아름다운 시, 멋진 시를 한순간에 놓쳐버린다. 적절한 표현을 한순간에 몽땅 잃어버렸을 때는 눈물이 쏟아질 정도로 안타깝다. 시상이 떠오르면 잠을 자다가도 벌떡 일어나서 써놓아야 한다. 연상하여 떠올린 것을 온 마음과 열정을 쏟아 써 내리면 시가 된다.

이 땅의 시인들이여, 힘을 내자! 좌절하지 말자! 삶을 노래할 수 있다면 시인이다. 자부심을 가지고 시를 쓰고 펜을 들어야 한다. 언어를 절제해야 한다. 필요 없는 말은 과감하게 던져버려야 한다. 시에는 함축미가 필요하다. 가슴속에서 숨죽이며 기다리던 언어가 터져 나와야 시가 된다. 시인은 오감을 열어 시를 써야 한다.

내 마음에 그려놓은
마음이 고운
그 사람이 있어서
세상은 살맛이 나고
나의 삶은 쓸쓸하지 않습니다

그리움은 누구나 안고 살지만
이룰 수 있는 그리움이 있다면
삶이 고독하지 않습니다

하루 해는 날마다 뜨고 지고
눈물 날 것만 같은 그리움도 있지만
나를 바라보는 맑은 눈동자는 살아 빛나고
날마다 무르익어 가는 사랑이 있어
나의 삶은 의미가 있습니다

내 마음에 그려놓은
마음 착한
그 사람이 있어서
세상이 즐겁고

살아가는 재미가 있습니다

– 「내 마음에 그려놓은 사람」

웃음이 시가 될까? 걱정할 필요 없이 연상하여 시를 쓰면 된다. 시인이라면 어떤 것도 시로 형상화하는 노력이 필요하다. 윤동주 시인처럼 "죽어가는 모든 것들을 노래해야" 한다. 웃으면서 살아가면 삶이 덜 힘들고 세상이 아름답게 보인다. 조지 에세프는 "걱정일랑 모두 낡은 가방에 넣어버리고 이제 웃어라. 웃어라!"라고 말했다. 웃어야 활기차고 행복한 삶을 살 수 있다. 웃음보다 아름답게 피는 꽃은 없다. 슬픔과 고통으로 얼굴에 그림자가 가득하게 살지 말자. 슬픔과 괴로움과는 이별하자. 웃음을 초대하여 살자. 샹포르는 "인생에서 가장 헛된 날은 한 번도 웃지 않은 날이다"라고 말했다. 웃음은 삶 전체를 바꾸어놓는다. 아이들이 해맑게 웃는 얼굴은 언제 봐도 기분이 좋다.

웃음은
세상의 모든 어둠을
떠나가게 하는
눈부신 햇살이다

행복한 사람들의
얼굴에 피어나는
생기발랄한 꽃이다

웃음은
순수한 사람들이

즐거울 때 보여주는
마음의 표현이다

살아감이
즐거울 때면
때 묻지 않은 거짓 없는
웃음꽃이 피어나는 사람들이
많은 세상이
살기 좋은 세상이다
　　　　　－「웃음」

　성공을 만드는 사람들의 얼굴에는 밝은 웃음이 있다. 아무리 현실이
어렵고 힘들더라도 웃음으로 출발하면 놀라운 결과가 만들어진다. 유
머로 웃음을 자아낼 줄 아는 사람이 성공한다. 사람들의 마음을 즐겁
게 해주는 유머란 뛰어난 농담이나 재치, 누군가를 즐겁게 해주고 웃
음을 일으키는 기분 좋은 대화를 말한다. 웃음은 몸과 마음을 건강하
게 만들어준다. 찰리 채플린은 "웃지 않고 보낸 날은 실패한 날이다"라
고 말했다. 웃음이 없는 날은 일도 잘 안되고 재미도 없고 의욕도 없다.
하루의 시작을 웃음으로 시작한다면 기분도 좋고 일도 잘되고 대하는
사람들도 마음이 편해진다. 웃음은 삶의 윤활유와 같아서 삶을 부드럽
게 만들어주고 자연스럽게 흘러가도록 해준다. 유머가 삶을 즐겁게 만
드는 기폭제 역할을 하는 것이다. 유머는 웃음이라는 땅에 아름답게 지
을 수 있는 집이며 삶을 맛있게 만들어주는 재료다. 짧은 몇 마디의 유
머가 사람의 마음을 180도 변화시키기도 한다. 유머는 남을 웃기기만
하는 재주가 아니다. 분위기를 아주 자연스럽게 자신의 편으로 만들 수

있는 순간의 재치다.

자연스럽게 표현한다면 재미있게 유머를 표현할 수 있다. 어느 날 후배와 이야기를 하다가 하도 썰렁해서 "자네는 왜 그렇게 유머가 없나?" 하고 물었다. 그랬더니 그는 "선배님, 저는 어렸을 때부터 집이 가난해서 유모가 없었어요"라고 하는 것이다. 이 말을 들은 나는 한동안 웃고 말았다. 썰렁하다고 생각했던 후배가 진짜 유머 있는 사람이었다. 유머는 누구나 노력하고 손질을 하면 얼마든지 멋지게 표현할 수 있다. 유머는 웃음과 미소를 만들어낸다. 이 세상에 미소만큼 아름다운 표정은 없다. 미소를 지으면 자신감이 넘쳐 보이고 마음이 너그러워 보인다.

김상용 시인이 "왜 사냐건 웃지요"라고 노래했다. 웃어야 할 때 웃어야 한다. 그래야 삶이 행복해지고 능력 있는 삶을 살아갈 수가 있다. 과거와 걱정과 근심을 끌어안고 있으면 아무런 변화도 일어나지 않는다. "과거야, 절망아, 고통아, 나를 떠나가라! 가서는 행방불명이 되어라!"라고 외치며 어두운 절망에서 벗어나 기쁨과 감동의 삶을 만들어가야 한다. 성공하고 싶다면, 삶을 즐겁게 살고 싶다면 많이 웃어야 한다. 웃음에는 모든 구부러지고 찌그러진 것들을 펼 수 있는 힘이 있다. 지금 당장 활짝 웃어봐라. 세상은 미소에 정당한 대가를 지불해준다. 인도에서 소외된 사람들을 보살폈던 마더 테레사는 함께 일할 사람을 뽑을 때 세 가지 기준을 두었다고 한다. '잘 먹고, 잘 웃고, 잘 자는 사람'이다.

사랑을 아는 사람이 잘 웃는다. 이 지상에 내가 사랑하는 사람이 있다는 것은 놀라운 축복이다. 슬픔을 과대 포장하여 스스로를 괴롭히며 살지 말자. 누구에게나 자신만의 행복이 있다. 언제나 함께할 것만 같던 행복도 불행의 벽에 부딪히면 거품처럼 한순간에 사라질지도 모른다. 걱정이 깊이를 더하면 절벽 앞에 서 있는 듯 두려워진다. 두려움이 가득 차오를 때 딛고 일어설 줄 알아야 한다. 겉보기에는 아무렇지 않은 것 같지만 얼마나 많은 사람이 눈물로 하루를 사는가. 단 한 사람을 죽도록 사랑하는 것이 가장 멋진 사랑이다. 후회 없이 마음껏 서로가 최고로 멋진 사랑을 해야 한다. 사랑은 홀로 이루어지지 않는다. 하나 되어 사랑하는 것이 진실한 사랑이다. 얼굴은 성형수술로 고칠 수 있지만 행복하게 웃는 얼굴은 돈으로 살 수 없다. 스스로 만드는 것이다. 영화 〈미술관 옆 동물원〉을 보면 "사랑이란 처음부터 풍덩 빠져버리는 줄 알았지, 이렇게 서서히 물들어가는 줄은 몰랐다"라는 대사가 나온다. 사랑은 생명이 다하는 날까지 평생토록 익어가는 열매다. 사랑에 깊이 빠지지 않은 사람은 인생에 대해 이야기할 수 없다. 주변에 사랑하고 있는 사람을 바라봐라. 얼마나 행복한 모습인가. 모두 다 사랑의 힘으로 하루를 산다.

사람이 만나고 싶습니다
누구든이 아니라
마음이 통하고
눈길이 통하고
언어가 통하는 사람과
잠시만이라도 같이 있고 싶습니다

살아감이 괴로울 때는
만나는 사람이 있으면 힘이 생깁니다
살아감이 지루할 때는
보고픈 사람이 있으면 용기가 생깁니다

그리도 사람은 많은데
모두 다 바라보면
멋쩍은 모습으로 떠나가고
때론 못 볼 것을 본 것처럼 외면합니다

사람이 만나고 싶습니다
친구라 불러도 좋고
사랑하는 이라 불러도 좋을
사람이 만나고 싶습니다

　- 「사람이 만나고 싶습니다」

　그리움이 없다면 사랑도 삶도 그 가치를 잃는다. 그리움이 없었다면
나 자신도 오랜 세월 동안 수없이 써 내린 시를 단 한 편도 쓰지 못했을
것이다. 그리움은 희망이며 내일을 살아가는 힘과 용기를 준다. 그리
움은 사랑을 만들고 행복을 선물해준다. 그리움은 생명이 있는 사랑의
씨앗이다. 사랑이 싹트고 자랄 수 있게 하는 것이 그리움이다. 그리움
이 없는 사랑은 이루어질 수 없다. 그리움은 내 가슴에 사랑을 만들고
나누게 한다. 그리움의 결실과 열매가 사랑의 완성이다. 살면서 그리
움을 가슴에 담고 살아가는 이들이 얼마나 많은가. 삶의 주인공이며 행
운아다.
　그리움은 꿈이요, 사랑이며, 낭만이다. 마음속에 그리움이란 배를
띄워놓고 사는 것도 행복이다. 그리움은 삶에 생동감을 주고 활기가 넘
치게 만든다. 그리움은 온 세상을 새롭게 바라볼 수 있게 만든다. 가슴
에 그리움 하나 가지고 살자. 지나온 그리움을 추억하며 다가오는 그
리움으로 가슴에 설렘을 갖고 살자. 살다 보면 그리움이 밀물처럼 밀

려올 때가 있다. 바람에 구르는 낙엽을 바라보면 가슴이 울컥거리고 누군가를 만나고 싶어진다. 삶이 지치고 힘들 때 그리워지는 사람이 있다. 기분이 아주 좋고 원하던 일을 해냈을 때 보고 싶은 사람이 있다. 그건 바로 내가 사랑하는 사람이다. 삶의 순간순간마다 함께했던 사람들이 문득 그리워지고 만나고 싶다. 가슴에 점 하나처럼 찍어놓은 그리움이 온 세상에 퍼져나가는 날이 있다. 소설 『바람의 화원』에서 신윤복은 '(그림을) 그리는 것'과 '그리움'을 연관 지어 이렇게 말했다. "그린다는 것은 그리워하는 것이다. 그리움은 그림이 되고, 그림은 그리움을 부른다. 문득 얼굴 그림을 보면 그 사람이 그립고, 산 그림을 보면 그 산이 그리운 까닭이다"라고 말했다. 내일에 대한 그리움이 있기에 오늘을 의미 있게 살아가고 내일을 기대하며 산다.

내 마음에
그리운 이름 하나 품고
살아갈 수 있다면 얼마나 행복합니까

눈을 감으면 더 가까이 다가와
마구 달려가 내 가슴에
와락 안고만 싶은데
그리움으로만 가득 채웁니다

그대만 생각하면
삶에 생기가 돌고
온몸에 따뜻한 피가 돕니다

그대만 생각하면
가슴이 찡하고
보고픔에 눈물이 납니다

세월이 흐른다 해도
쓸쓸하지만은 않습니다
내 가슴에 그리운 이름 하나
늘 살아 있으므로
나는 행복합니다
  -「그리운 이름 하나」

시를 쓰는 것은 독자들과 마음을 나누는 작업이다. 삶 속에서 최고의 기쁨은 다른 사람이 나로 인해 기뻐하는 것이다. 시인의 마음이 바로 그런 마음이다. 남을 위해 도우며 자신을 희생하는 마음이 필요하다. 삶 속에서 걱정과 근심과 고민을 만들지 말자. 행복과 추억과 기쁨을 만들며 살자. 왓슨은 "봉사란 보이지 않는 사랑을 눈에 보이는 것으로 바꾸는 것이다. 자연은 인간에게 항상 베풀어준다. 사람도 다른 사람에게 베풀어줄 때 지금보다 행복한 삶을 살 수 있다. 봉사는 말로 하는 것이 아니라 행동으로 하는 것이다"라고 말했다.

우리는 남을 위해 가치 있는 일을 해야 한다. 다른 사람에게 필요한 존재가 되려면 내면을 채워야 한다. 자연을 가까이하고 마음을 크고 넓게 가져야 한다. 마음이 밝고 명랑하면 신체와 정신과 정서가 매우 건강해진다. 우리는 어려움을 당한 사람들을 위해 그들이 삶에 가치를 느낄 수 있도록 해주어야 한다. 일상의 단조로움과 외로움을 떨쳐버려야 한다. 삶의 존재감을 확실하게 만들고 힘 있게 살아야 한다. 톨스토이는 이런 말을 했다. "세상에서 가장 중요한 때는 바로 지금이고 가장 중요한 일은 지금 당신 곁에 있는 사람을 위해 좋은 일을 하는 것이다. 그것이 우리가 이 세상에 있는 이유다." 우리 때문에, 나 때문에 행복한 사람이 많아진다는 것은 삶을 살아가는 가장 확실한 이유다. 서로서로 도움을 주고받으며 살자. 즐겁게 살면 마음도 따라 즐거워지고 웃게 된다. 늘 아픔 속에서도 미소를 지을 수 있는 여유를 가져야 한다. 고통이 와도 이겨낼 수 있는 힘을 길러야 한다. 칼정은 "세상이 추울 때 봉사로 모닥불을 밝혀라"라고 말했다.

모두 다 떠돌이 세상살이
살면서 살면서
가장 외로운 날은 누구를 만나야 할까

살아갈수록 서툴기만 한 세상살이
맨몸, 맨손, 맨발로 버틴 삶이 서러워
괜스레 눈물이 나고 고달파
모든 것에서 벗어나고만 싶었다

모두 다 제멋에 취해
우정이니 사랑이니 포장을 해도
때로는 서로의 필요 때문에
만나고 헤어지는 우리들
텅 빈 가슴에 생채기가 찢어지도록 아프다

만나면 하고픈 이야기가 많은데

190

생각하면 더 눈물만 나는 세상
가슴을 열고 욕심 없이 사심 없이
같이 웃고 같이 울어줄 이가 누가 있을까

인파 속을 헤치며 슬픔에 젖은 몸으로
히히히 낄낄대며 웃어도 보고
꺼이꺼이 울며 생각도 해보았지만
살면서 가장 외로운 날엔
아무도 만날 사람이 없다

– 「가장 외로운 날엔」

삶은 누군가와의 동행이다. 동행하는 이가 없다면 쓸쓸해진다. 맥스웰 몰츠는 "행복은 인간의 마음과 신체에 내재된 천성이다. 우리는 행복하다고 느낄 때 보다 잘 생각하고 행동하며 느끼고 건강해진다. 심지어 우리의 감각기관도 행복하다고 느낄 때 보다 활발하게 움직인다"라고 말했다.

봄이 오는 길목에 주말을 맞아 동호인들과 함께 여행을 떠났다. 전북 군산시 옥도면 신시도를 걷고 또 걸었다. 새만금을 눈앞에서 바라보고 월영봉을 거쳐서 대각산 전망대에 올랐다. 그리 높은 산은 아니지만 능선을 타고 걷는 것이 땀이 날 정도로 조금 힘이 들었다. 하지만 탁 트인 풍경을 보니 상쾌한 기쁨을 만끽할 수 있었다. 늘 함께할 수 있는 사람이 있고 늘 동행할 수 있는 사람이 있다면 삶의 지루함은 사라진다. 힘들 때 손을 잡아줄 수 있는 여유로움이 필요하다. 삶의 이야기를 나눌 수 있는 편안함이 기쁨을 준다. 상대방을 먼저 배려해주면 아름다운 동행이 된다. 가족도 친구도 사회도 마찬가지다. 나보다 먼저 남을 배려할 때 세상이 아름다워진다. 벽을 쌓고 살아가는 사람들보다 남과 더불어 함께하는 사람들이 점점 더 많아졌으면 좋겠다. 문득 생각이 나고 입가에 미소를 짓게 하는 사람이 되어야 한다. 지금이야말로 사랑하기에 가장 좋은 시절이다.

날마다 그대만을 생각하며 산다면
거짓이라 말하겠지만
하루에도 몇 번씩 불쑥불쑥
생각 속으로 파고들어
미치도록 그립게 만드는 걸
내가 어찌하겠습니까

봄꽃들처럼 한순간일지라도
미친 듯이 환장이라도 한 듯이
온 세상 다 보란 듯이 피었다가
처절하게 져버렸으면 좋을 텐데
사랑도 못 하고 이별도 못 한 채로
살아가니 늘 아쉬움만 남아 있습니다

이런 내 마음을 아는 듯 모르는 듯
시도 때도 없이 아무 때나
가슴에 고여드는 그리움이
발자국 소리를 내며 떠나지 않으니
남모를 깊은 병이라도 든 것처럼
아픔을 감당할 수 없습니다

내 삶 동안에

지금은 사랑하기에 가장 좋은 시절

우리가 사랑할 시간이

아직 남아 있음이 얼마나 축복입니까

우리 사랑합시다

　－「지금은 사랑하기에 가장 좋은 시절」

인간은 세 가지 몸짓을 하고 세상에 태어난다. 울고, 쥐고, 발버둥 친다. 그 모습 그대로 일생을 살아가는 것이 사람들의 삶이다. 그러나 삶의 가치를 새롭게 느끼는 사람이라면 욕심보다는 나눔, 미움보다는 사랑의 삶을 살아가야 한다. 주위엔 욕심과 욕망의 굴레를 벗어나지 못하고 불행하게 살아가는 사람들이 많다. 오로지 내 것만을 주장하는 이기적인 사람들이다. 그러나 이 세상에 내 것이 얼마나 되겠는가. 어느 날엔가 아무것도 가지지 못한 채로 떠난다. 혼자만의 욕심을 충족시키며 사는 것은 결코 가능하지 않다. 수의에는 주머니가 하나도 없다. 삶이란 빈손으로 왔다가 빈손으로 가는 것이다. 권웅 시인은 "내가 죽으면 내 삶이 솜털 하나쯤 남을까"라고 삶을 안타까워하며 노래했다. 세월이 흐르면 모든 흔적마저 사라진다. 살아 있는 날 동안 최선을 다해 살자.

　잡초처럼 맨살을 드러내 놓고 시련의 골짜기를 넘어 살아남아야 정신이 살아 움직일 수 있다. 갈피를 잡을 수 없을 때는 들뜬 마음을 가라앉혀야 한다. 온갖 잡념의 소용돌이 속에 감각을 잃지 말고 살아나야 한다. 주의 깊게 지켜보며 고삐를 당겨야 한다. 그래야 성취해나갈 수 있다. 가로막는 것들을 두려워하지 말고 성난 사자같이 달려들어야 한다. 거머리처럼 착 달라붙어 목적이 이루어질 때까지 혼신을 다해 몰

193

입해야 한다. 몸과 마음을 끈질기도록 집중하면 정곡을 콕콕 찌를 수 있다. 그럴 때 용기가 북돋아지고 고통과 시련의 괴로운 짐들도 경련을 일으키며 떨어져 나간다. 온몸으로 헌신적으로 뛰어들어 땀이 흠뻑 젖도록 일하자. 숨결이 뜨거워지도록 열정을 쏟으면 가슴이 뭉클할 행복한 시간이 만들어진다. 자신이 원하던 일들이 눈앞에 성취되는 것을 바라볼 수 있다. 생명을 부르는 기쁨과 감동은 전율을 느끼고 쾌재를 부를 정도로 대단하다. 「파랑새」의 저자 마테를링크는 말했다. "인생은 한 권의 책이다. 우리는 태어나서 죽을 때까지 매일매일 한 페이지 한 페이지를 창작하고 있다."

삶은 얼마나 소중한 것인가? 욕심만 부리며 충혈된 눈으로 살아갈 것인가? 아니면 진정 사랑하는 마음으로 나누며 살 것인가? 그 모든 대답은 우리의 마음속에 있다. 사랑하는 마음에는 진정 부끄러움이 없다. 어떤 통계 자료에 의하면 약 10%의 사람들만이 인생에서 위대한 성공을 거둔다고 한다. 자신의 삶을 누구에게 보여도 부끄럽지 않아야 한다. 어느 때 행복하겠는가? 바로 사랑할 때다. 사랑할 때란 나만을 생각하지 않고 남에게 몰두하는 것이다. 자신을 희생할 수 있는 용기를 가져야 한다. 얼마 전 48세의 시한부 간암 환자를 만난 적이 있다. 병색이 짙어 눈빛에 힘이 없었다. 주변 사람들은 죽음을 앞둔 그의 모습을 안타까워하는데 그는 항상 웃음을 잃지 않았다. 오히려 병실에 찾아오는 사람들에게 삶을 사랑으로 살아가라고 당부했다. 죽음이 도리어 주변 사람들에게 변화를 주었다. 부끄럽지 않게 살아야겠다는 다짐을 주었다. 부끄러움이 없는 삶, 따뜻한 세상을 만드는 것을 삶의 목표로 삼는다면 불어오는 바람도 따뜻하게 느껴질 것이다.

사람들은 누구나 이별을 한다. 황혼이 오고 죽음이 찾아와도 모든 것을 겸허하게 받아들여야 한다. 죽음이 다가오지 않을 것처럼 산다는 것은 참으로 어리석은 일이다. 죽음이 까마득한 슬픔으로 있다가 어느새 찾아오면 어둠의 그늘이 가득해진다. 결국에는 빈손으로 가는 것을 알면서도 움켜쥐고 숨겨놓고 하는 사람들이 있다. 모두가 허사일 뿐이다.

칼 융은 "인생의 아침 프로그램에 따라 인생의 오후를 살 수 없다. 아침에는 위대했던 것들이 오후에 보잘것없어지면 아침에 진리였던 것이 오후에는 거짓이 될 수 있기 때문이다"라고 말했다. 언젠가 신문에서 90세 넘은 노부부가 법원에 이혼하러 왔다는 기사를 읽었다. "왜 이혼을 하느냐?"라고 묻자 "성격 차이 때문이다"라고 대답했다. "그러면 어떻게 90세가 넘도록 함께 사셨는가?"라고 다시 묻자 "자식들 때문에 같이 살았다"라고 했다. "그런데 왜 이제 와서 이혼하려는가?"라는 물음에 "이젠 자식들이 다 죽었다"라고 했다. 참으로 씁쓸한 일이다.

부부는 서로 이해하려고 노력해야 행복한 생활을 유지할 수 있다. 편안한 노후 생활을 위해선 우선 건강해야 하고, 함께하는 사람이 있어야 한다. 부부가 서로 사랑할 때 황혼이 더 아름답고 잘 익어가는 과일 같은 편안한 삶을 살 수 있다. 어느 날 한 노부부가 함께 산책하는 모습을 본 적이 있다. 80세가 넘어 보이는데 두 분이 아주 정겹게 걷고 있었다. 아내가 힘들어하면 좀 쉬었다가 다기 걷기도 하면서 서로를 배려하는 모습이 한눈에 들어왔다. 저녁노을이 물들어가는 시간에 노부부의 다정한 모습을 지켜보던 나도 행복한 기분이 들어 한참 동안 미소를 지었다. 나이가 들수록 부부는 항상 동행하는 기쁨을 누려야 한다. 황혼이 되어도 정겹고 애틋하게 살아가는 모습이 한 폭의 그림처럼 아름다웠다. "부부의 사랑은 애정으로 만났다가 우정으로 견디다가 동정으로 끝난다"라는 씁쓸한 말이 있다. 부부의 사랑이 갈수록 시들해진다는 것이다. 그렇지만 몸과 마음이 건강한 부부는 항상 상대를 먼저 배려해주고 따뜻한 정을 주고받으며 서로 의지하며 살아간다.

황혼이 되어도 건강한 삶을 살고 싶다면 서로 격려해주고 함께해주어야 한다. 어느 부부가 등산을 하고 있었다. 산에 오르다가 아내가 힘드니까 남편에게 업어달라고 했다. 남편이 업어주자 아내가 물었다. "여보! 나 무겁지?" 이 말을 들은 남편이 말했다. "그럼 무겁지! 머리는 무겁지, 간은 부었지, 엉덩이는 뚱뚱하지!" 이 말을 들은 아내가 화가 나서 남편의 등에서 내렸다. 한참을 가다가 이번에는 아내가 남편을 업어주었다. 남편이 물었다. "여보! 나 가볍지!" 이 말을 들은 아내가 말했다. "그럼 가볍지! 머리는 비었지! 허파에는 바람이 들었지! 양심도 없지!" 이 말을 듣자 남편도 아내의 등에서 내려버렸다. 나이가 들수록 서로의 부족과 잘못을 지적하거나 약점을 들추기보다는 아껴주는 마음이 가득해야 한다. 갈등이 없는 부부는 없을 것이다. 사랑은 두꺼운 벽도 허물지만 미움은 없던 벽도 만든다.

젊은 날의 사랑도
아름답지만
황혼까지 아름다운 사랑이라면
얼마나 멋이 있습니까

아침에 동녘 하늘을 붉게 물들이며
떠오르는 태양의 빛깔도
소리치고 싶도록 멋있지만

저녁에 서녘 하늘을 붉게 물들이는

노을 지는 태양의 빛깔도
가슴에 품고만 싶습니다

인생의 황혼도
더 붉게, 붉게 타올라야 합니다
마지막 숨을 몰아쉬기까지
오랜 세월 하나가 되어
황혼까지 동행하는 사랑이
얼마나 아름다운 사랑입니까

－「황혼까지 아름다운 사랑」

11

계절을 노래하는 시인

시인은 삶을 통해서 많은 것을 배운다. 배운다는 것은 세상을 새로운 눈으로 바라보는 것이다. 삶을 풍요롭게 하기 위해서는 창조력을 발휘해야 한다. 자신의 귀중한 시간과 이미지를 잘 활용해야 한다. 계절의 변화에 시인의 마음은 예민하게 반응한다. 시인은 계절의 변화를 온 가슴으로 느끼며 살아야 한다. 남들은 그냥 스쳐 지나가도 괜찮을지 모르지만 시인의 마음은 자꾸만 언어의 그림을 그려야 한다.

가슴과 영혼으로 다가오는 사랑의 느낌이 있다. 봄! 온 영혼에 불을 지른 듯이 타오르는 꽃들이 피어난다. 여름! 온몸으로 쏟아져 내리는 속 시원한 소낙비가 있다. 가을! 낭만과 고독의 여운을 남기고 떠나가는 낙엽들의 이야기가 있다. 겨울! 사랑하는 이를 마음껏 축복하며 펑펑 내리는 함박눈이 있다. 모두가 계절을 노래하는 아름다운 사랑 이야기다. 삶을 노래하는 시인이라면 계절을 노래하지 않을 수 없다. 삶자체에도 사계절이 있다. 계절을 노래할 수 있는 것도 축복이다. 이 축복으로 마음껏 계절을 노래하며 살고 싶다. 사계절이 있는 나라에 살기에 사계절의 독특함을 노래할 수 있다. 계절의 멋과 낭만이 있다.

─봄, 목련꽃 피어나는 거리를
봄은 눈앞에서 펼쳐진다. 눈으로 볼 수 있고 마음으로 느낄 수 있다.

온 천지가 초록 옷을 입기 시작해 사람들의 얼굴에 생기가 돌고 웃음이 터져 나오고 발걸음이 가벼워진다. 봄에는 왠지 모르게 좋은 일들이 생길 것만 같고 새로운 일들이 많아질 것만 같다. 갇혀 있기 싫어 거리로 나가고 싶고 누군가를 만나고 싶다. 봄에는 거리에서 만나는 사람들도 정겹게 느껴진다. 왠지 모두 다 알고 지내는 사람들 같다. 봄은 희망을 주고 꽃을 선물한다. 너무나 짧은 행복이 스쳐 지나가듯 훌쩍 떠나가 버린다. 봄이 온다는 소식에 맞이하는 가슴은 기분 좋게 두근거린다. 봄은 무거운 겨울옷을 벗은 만큼 가벼운 발걸음으로 즐겁게 행동하게 만들고 삶에 활력을 가득 불어넣어 준다. 봄에는 창문을 활짝 열어두고 싶다. 봄바람과 함께 반가운 소식이 찾아올 것만 같다. 그리고 사랑하는 사람에게 편지가 쓰고 싶어진다. "만나고 싶다, 보고 싶다"라고 소식을 전하고 싶다. 우리의 마음도 봄만 같으면 얼마나 좋을까? 봄은 온 세상을 새롭게 변화시켜주는 계절이다. 온 땅과 들판에 초록 물감을 풀어놓고 꽃들이 쉴 새 없이 피어난다. 온 땅과 온 하늘에 새 기운이 돌고 있으니 어찌 멋진 계절이라 아니할 수 있겠는가.

둑방 양쪽에
개나리 군단이 열 지어
봄 길을 활짝 열어놓았다

수천수만의
봄을 알리는 병사들의
합창이 시작되었다

입 모양이

똑같은 걸 보니
봄이 오는 걸
모두 다 환영하고 있다

노란색으로 물든
둑방 길을 지나가노라면
연방 환호성을 지르며 반겨준다

봄, 봄, 봄은
꽃으로 시작되는 계절이다

아! 나도 사랑에
불 지르고 싶다

- 「꽃으로 시작되는 계절」

봄 햇살의 따스함은 사랑하는 이의 손길과 같아 온몸으로 다 받아들이고 싶다. 봄바람이 코끝에 다가오면 초록의 싱그러움이 느껴진다. 촉촉이 봄비가 내리면 한 그루의 나무가 되어 흠뻑 젖어보고 싶다. 새싹하나하나가 마치 정다운 친구를 만난 듯이 반갑다. 일시에 환호하듯이 피어나는 봄꽃들은 정말 기분 좋게 해주는 멋진 풍경이다. 삶도 봄꽃처럼 필 수 있다면 얼마나 좋을까. 그런 상상을 하며 즐겁게 살아가야겠다. 루미는 봄에 대해 "마침내 봄이 찾아온 오늘, 야외로 나가 친구들과 어울려보자. 꿀벌이 이 꽃 저 꽃 옮겨 다니듯 들판의 낯선 이에게 다가가 주위를 맴돌며 춤을 추자. 벌집 속에 진정한 우리의 육각형 집을 지어보자"라고 했다. 봄을 맞이하자. 봄을 만끽하자. 오는 봄을 만나러 나가야겠다. 그리고 반갑게 만나 악수를 청해야겠다. 얼마나 그리워했고 보고 싶어 했는지 말해야겠다. 그리고 봄의 따스한 가슴에 폭 안겨보고 싶다. 봄 강가를 걷고 싶다. 맨발로 봄 강가를 향해 달려가야겠다.

지난겨울 못다 한 이야기들을 수군대며
흐르는 강물을 바라보고 있으면
싱그러운 봄 내음에
사랑을 고백하지 않아도
젖어들 것입니다

봄 햇살을 받아
잔잔히 빛나는 물결에
내 마음도 물결칩니다

봄날에만 느낄 수 있는
따뜻함과 그 정겨움 속에
그대와 함께 있음이 행복합니다

봄 강가를 거닐어보셨습니까
겨우내 움츠렸던 봄 강물이
살짝 발을 내민 듯한
하얀 모래사장을 걷는 기분이
얼마나 상쾌한지 아십니까

강변의 연초록 색감이 눈에 번지고,

엷게 푸른 봄 하늘이
가슴에 가득해집니다

꽃향기 가득 몰고 오는 봄바람을
마음에 담고 있으면
그대를 내 가슴에
꼭 안고만 싶어집니다
- 「봄 강에 가보셨습니까」

　봄의 시작은 사람들의 마음을 들뜨게 한다. 꽃들이 피어나는 것을 보고 무감각할 사람이 어디 있겠는가? 초록이 온통 번지는 모습을 보고 아무런 생각 없이 스쳐 갈 사람이 어디 있겠는가? 봄은 사람을 사랑하게 만든다. 마음을 푸근하고 따뜻하게 만든다. 누군가와 이야기를 하고 싶게 만들고 사랑하는 사람을 만나고 싶게 한다. 목련꽃이 필 때면 가슴에 뭉클거리는 사랑의 감정을 어찌할 수가 없다. 마구 사랑을 고백하고만 싶다. 하얀 목련의 그 신비한 자태는 누구의 가슴에든 사랑을 꽃피우게 한다. 목련이 피어나는 것을 보고 감탄하지 않을 이가 없다. 목련이 피는 봄이면 사랑하는 사람과 걷고 싶다. 하고픈 이야기가 많을 것만 같다. 봄은 무언가를 기대하게 만든다. 목련이 피어나는 봄날에는 그 아름다움에 감탄하여 시가 절로 써진다.

　봄 햇살에 간지럼 타
　웃음보가 터진 듯
　피어나는 목련꽃 앞에
　그대가 서면

금방이라도 얼굴이
더 밝아지는 것만 같습니다

삶을 살아가며
가장 행복한 모습 그대로
피어나는 이 꽃을
그대에게 한 아름
선물할 수는 없지만
함께 바라볼 수 있는
기쁨만으로도
행복합니다

봄날은
낮은 낮대로
밤은 밤대로
꽃들의 이야기를 나눌 수 있습니다

활짝 피어나는 목련꽃들이
그대 마음에
웃음보따리를
한 아름 선물합니다

목련꽃 피어나는 거리를
그대와 함께 걸으면 행복합니다

- 「목련꽃 피는 봄날에」

봄은 순수한 첫사랑의 느낌으로 다가온다. 꽃들의 노래와 새싹들의 노래가 이 땅의 수많은 가슴을 사랑으로 수놓아준다. 봄의 시작은 미세하게 느껴질지 모르나, 이윽고 봄의 전령인 꽃들이 만발한 가운데 크나큰 축제가 열린다. 봄과 같은 열정이 필요하다. 꽃망울이 터져 아름다운 꽃들이 피어나듯이 삶의 열정을 피워야 한다. 봄은 두꺼운 외투를 벗는 자유로움을 가져다준다. 봄의 거리에서는 밝은 표정의 웃음 가득한 모습들을 많이 만날 수 있다. 생기가 있고 꿈들이 넘쳐 보인다. 그래서 봄의 거리에는 마치 교향곡이라도 틀어놓은 듯 사람들의 발걸음이 경쾌하다. 또한 봄의 거리에는 이야기 소리가 가득하다. 마음속에 담아두었던 이야기를 나누고 싶다.

얼굴은 한 송이 꽃과 같다. 표정을 아름답게 만들어가자. 가식이 아닌 진실 그대로를 표현하자. 꽃들도 봄을 노래하고 마음껏 표현한다. 봄은 시인의 마음을 자극해 사랑을 노래하게 만든다. 온갖 꽃의 노래로부터 사랑하는 사람들의 마음과 하늘과 땅 그 모든 것을 노래하게 만든다. 봄을 맞이할 수 있다는 것은 얼마나 행복한 일인가. 봄을 느낄 수 있다는 것이 얼마나 행복한 일인가. 봄은 느낌부터 행복하다.

─여름, 초록의 물결 속으로

무더운 여름에는 나팔꽃이 피어난다. 나팔꽃이 날씨가 덥다고 게으르게 살지 말라고 아침 일찍부터 기상나팔을 분다. 여름에는 시 쓰는 일이 더 어려워진다. 더운 날씨에는 연상도 잘 안되고 시를 쓰고 싶은 의욕도 떨어진다. 여름에는 그저 무더위를 피하고 싶은 생각만 들 뿐이다. 여름에도 계절을 느끼게 하는 것들이 많다. 나뭇잎들의 초록의 물결, 하늘에서 쏟아져 내리는 소낙비의 시원함은 여름이 주는 선물이다. 더운 여름엔 시원한 곳에서 아이스커피를 마시며 책을 읽으면 더할 나위 없이 좋다. 시원한 곳을 찾아 여행을 떠나도 좋다. 탁 트인 강과 계곡에 발을 담그면 그저 앉아만 있어도 기분이 좋아진다. 여름은 초록의 빛이 더욱 강렬해지고 나무들의 성장이 가장 빠르게 일어나는 계절이다. 나무들이 키 재기 시합이라도 하는 것처럼 모든 나무의 키가 하루가 다르게 쑥쑥 자란다. 들판에 가보면 벼가 크는 소리가 들릴 정도로 성장이 빨라지는 계절이다. 강물은 높은 곳에서 낮은 곳으로 흐른다. 살아 있는 강물이 흘러가는 것처럼 살아 있는 시가 가슴과 가슴으로 흘러내린다.

금강이 내려다보이는 숲 속에서
여름의 끝을 붙잡고
울어대는 매미의 소리를 듣는다

이 무더운 여름의 절정에
땀도 흘리지 못하고
나뭇가지를 움켜쥐고
왜 저리도 몸부림을 칠까
한목숨 살다가
떠나가야 하는 계절이 와서인가
내 목덜미까지 따갑게 느껴져 온다

밤이면 쏟아져 내리는 별들의
황홀한 잔치 속에
뻐꾸기가 울어대기에

내 마음은 자꾸만 자꾸만
집으로 달려가고 있다
- 「여름날」

여름엔 힘들고 지쳐서 식욕을 불러일으키는 음식이 먹고 싶다. 무더운 여름날 강의를 마치고 집에 돌아오면 아내가 달려 나와 "여보, 덥지요. 잠깐만 기다려요. 열무국수 해드릴게요!"라며 큰 양푼에 맛있는 열무국수를 만들어준다. 그럴 때면 이 세상에서 가장 행복한 남자가 된다. 다 먹고 나서 시원한 아이스커피까지 받아 마시면 아내랑 결혼하길 정말 잘했다는 생각이 든다. 부부 사이도 소소한 일상 속에 행복을 느낀다.

무더운 여름에 내리는 한줄기 소나기는 생각만 해도 가슴이 시원해진다. 무지개라도 뜨면 사람들은 모두 환호를 지르며 좋아한다. 소나기가 내리고 난 후의 하늘은 너무나 맑고 깨끗하다. 여름이 주는 삶의 멋이 있다. 수박, 참외, 복숭아 등 다양한 제철 과일과 콩국수, 팥빙수, 냉면 등 여름 음식이 일품이다. 사계절이 뚜렷한 나라에 산다는 것은 축복 중의 축복이다.

초여름 오후
세차게 비가 내린다

하수구마다
더위의 갈증을
참지 못한 사내가
목마름을 참지 못해

술을 벌컥벌컥
목구멍에 넘기는 소리가 난다

세상이 온통 술에 취한 듯
흠씬 젖어 있다

현대 문명의 높이만큼이나
길게 고개를 내민
아파트의 목덜미를
시원하게 씻어준다

음악을 틀지 않아도
세상이 비와 합창을 한다
빗줄기 속에
갑자기 다가오는 그리움

그대는 지금
이 빗속을 걷고 있을까
달려가
이 비를 함께 맞고 싶다

— 「초여름 오후」

여름에 내리는 비는 목마른 대지와 사람들의 마음을 촉촉하게 적셔
준다. 삶이 힘들고 피곤해서 갈증에 시달리는 사람이 많다. 비 한 번 시
원스레 내리고 나면 산천초목에 생기가 돈다. 비 내리는 날에는 왠지

밖으로 나가고 싶어진다. 문득 친구가 보고 싶어지고 그리운 사람이 만나고 싶어진다.

> 지금 비가 내리고 있습니다
> 창밖을 내다보다
> 그대가 그리워졌습니다
>
> 비가 내리는 날은
> 보고픈 사람이 있습니다
> 만나고 싶은 사람이 있습니다
>
> 비가 내리는 날은
> 우산을 같이 쓰고
> 걷고픈 사람이 있습니다
>
> 한적한 카페에서
> 비가 멈출 때까지
> 이야기하고픈 사람이 있습니다
> 지금 내 마음에도 비가 내리고 있습니다
> 그대 마음에도 비가 내리고 있습니다
>
> － 「지금 비가 내리고 있습니다」

여름에는 더위에 지친 몸을 달래려고 사람들이 휴가를 떠난다. 눈길이 닿는 곳마다 초록이 가득한 한여름에는 계곡을 찾는 사람들이 많다. 시원스런 물이 철철 넘쳐흐르는 계곡에 발을 담그면 웬만한 더위와 스트레스는 한순간에 날아간다. 산을 돌고 돌아 휘몰아쳐 흐르는 계곡물을 보면 삶의 애환이 느껴진다. 계곡물에 피곤과 추억을 떠내려 보내면 무더운 여름날의 더위도 한순간에 사라진다. 계절의 맛을 느끼며 살면 행복하다. 산길에서 들길에서 만나는 모든 것이 소중하고 아름답다. 이름 모를 야생화는 더욱 소중하다. 그 작은 꽃들의 아름다움과 끈질기게 살아남아 있는 놀라운 생명력에 감탄을 한다.

산과 산 사이
골짜기가
바라보는 이에게
아름답게 다가오는

흥정계곡에
심장까지
차갑게 하는
물이 철철 흘러내린다

폭염의 한여름
삶에 지친
도시 사람들이 찾아와

오염과 소음
갈증을 느끼게 하는
삶의 권태를 씻어내고 있다

끝없는 듯 줄기차게
흘러가는 물을 바라보며
삶의 시간들 속에

하나님이 창조한
자연의 신비를 맛보며
마음껏 찬양한다

－「홍정계곡」

－가을, 곱게 물든 단풍 숲으로

귀뚜라미 소리가 귓가에 들리고 초록이 조금씩 사라지면 가을이 물들기 시작한다. 가고 또 찾아오는 가을에는 하고 싶은 것들이 많다. 여행을 떠나고 싶고, 책을 읽고 싶고, 친구를 만나고 싶다. 가을은 살아 있는 생명들이 온 세상을 가장 아름답게 만드는 계절이다. 가을에 호수공원을 걷다가 단풍 든 나무들이 얼마나 아름다운지 탄성을 지르고 말았다. 가을 나무들이 시인의 마음에 시 한 편을 남겨놓았다. 가을은 모든 색깔이 동원되어 온 세상을 한 폭의 그림으로 그려놓는다. 가을에는 시선이 머무는 곳, 발길이 머무는 곳들이 모두 다 박수를 치고 싶도록 아름답다. 곱게 단풍 든 숲 속으로 아무런 말 없이 걸어가자. 가을이 들려줄 이야기가 많다.

가을을 만들기 위해 모든 색깔이 총동원된다. 가장 아름다운 색감을 느낄 수 있는 축제의 계절이 가을이다. 가을에 숲길로 걸어가야 할 이유가 바로 여기에 있다. 가을 숲길에 들어서면 몸과 마음이 충만해진다. 스스로 느낄 수 있을 정도로 가을은 참 매력적인 계절이다. 올가을을 그냥 보내지 말고 가을이 떠나기 전까지 마음껏 느끼며 살자. 이 가을에는 하고 싶었던 일을 하자. 이 가을에는 하고 싶었던 이야기를 하자. 꼭 보고 싶었는데 못 만나고 지냈던 사람도 만나고, 가방 하나 메고 산과 바다도 보러 가자. 가을을 온몸으로 받아들이면 풍성하게 열매 맺는 색색의 과일들처럼 마음이 풍요로움으로 가득 찰 것이다.

가을이 있어 참 행복하다. 푸른 하늘에 빨간 고추잠자리가 점 하나 찍어놓은 듯 날고 있으면 마음은 어느 사이에 동심으로 돌아간다. 가을은 사람들의 마음에 사랑의 호수를 만들어놓는다. 누구나 호수에 빠져들어 사랑을 하고 싶게 만든다. 가을에는 보이는 것마다 만나는 것마다 참으로 아름답다는 생각을 하게 만든다. 가을 색깔에 빠져들어 가을 사랑을 하게 만든다. 가을이 오면 지구 상의 모든 색의 화려한 잔치가 벌어지기 때문이다. 가을에는 아름다운 것들을 만나면 사진을 찍듯이 가슴에 새기고 싶다. 가을은 누구나 시인이 되게 만든다. 가을은 누구나 가을을 노래하게 한다.

하루가 창을 열었습니다
막 필름을 갈아 낀 사진기자의 눈동자처럼
초점을 맞추며 거리를 나섭니다

시인의 노래보다 더 푸른 하늘에
빨간 점 하나 찍으며 날아온 고추잠자리
가지 끝에 달려 있는 나뭇잎에
외마디처럼 남아 있던 가을이 바람에 날립니다

오늘은 기억에 남을 몇 장의 스냅사진 같은

일들이 있었으면 좋겠습니다

수북이 쌓인 낙엽과 함께
나의 발자국마저 쓸어 담는 청소부를 보며
마음만 외로워져 돌아왔습니다
－「가을 하루」

가을에는 어디론가 떠나고 싶다. 가을 풍경이 마음 한 자락을 붙잡
고 잡아당긴다. 가을에는 모든 것이 나를 부른다. 가을 길은 홀로 걸어
도 좋고 둘이 걸으면 더욱 좋다. 사랑하는 사람을 만나면 이야기를 나
누어도 좋고 말없이 바라만 보아도 좋고 때로는 낙엽이 떨어지는 거리
를 걷고 또 걸어도 좋다. 단풍이 물든 거리를 걷다 보면 자꾸만 가을 속
으로 빠져든다. 그리운 얼굴들이 떠오른다. 인생을 생각하게 되고 삶
을 생각하게 되고 고독에 깊이 빠져들게 된다. 가을에는 낙엽이 떨어
져 외롭게 서 있는 나무들처럼 우리의 마음에도 외로움이 찾아든다. 길
을 걷다가 벤치에 앉아 하늘을 올려다보면 구름 한 조각이 내 마음의
그리움을 가득 안고 흘러간다. 가을 길을 걷다 보면 꽃집에서 가을을
팔고 있는 것을 볼 수 있다.

꽃집에서
가을을 팔고 있습니다

가을 연인 같은 갈대와 마른 나뭇가지
그리고 가을꽃들
가을이 다 모여 있습니다

하지만 가을바람은 준비하지 못했습니다
거리에서 가슴으로 느껴보세요
사람들 속에서도 불고 있으니까요

어느 사이에
그대 가슴에도 불고 있지 않나요

가을을 느끼고 싶은 사람들
가을과 함께하고 싶은 사람들은
가을을 파는 꽃집으로 찾아오세요

가을을 팝니다
원하는 만큼 팔고 있습니다
고독은 덤으로 드리겠습니다

- 「가을을 파는 꽃집」

가을에는 이야기를 나눌 사람이 필요하다. 거리의 카페에서 한 잔 가
득 커피를 마시고 싶다. 커피와 함께 추억을 이야기할 사람이 필요하
다. 가을이 떠나가는 날 카페에서 커피를 마시며 창밖을 바라보고 있
으면 거리를 오가는 두꺼운 외투를 입은 사람들의 얼굴에서 쓸쓸함을
읽을 수 있다. 우수수 떨어지는 낙엽들 사이로 몇 장 남아 있던 그리움
마저 떨어진다. 이 가을도 떠나버리면 거리에 서 있는 회색 빌딩도 오
들오들 떨 텐데 차가운 가슴으로 어떻게 겨울을 보내야 하나. 가을이
떠나는 날 찬 바람이 불어와 톡 쏘고 달아나는 그리움이 더 애잔하다.
가을에는 꿈과 사랑과 내일의 이야기를 마음껏 나눌 수 있는 사람

이 필요하다. 친구도 좋고 사랑하는 사람도 좋다. 누군가와 마음을 터놓고 밤이 깊도록 이야기를 나누고 싶다. 가을은 인생 이야기를 나누기에 좋은 계절이다. 삶을 이야기하고 가을을 이야기하다 보면 속 깊은 정이 든다. 가을밤이 깊어가는 줄도 모르고 이야기 속에 빠져들게 된다.

가을이 거기에 있었습니다

숲길을 지나
곱게 물든 단풍잎들 속에
우리가 미처 나누지 못한
사랑 이야기가 있었습니다

푸른 하늘 아래
마음껏 탄성을 질러도 좋을
우리를 어디론가 떠나고 싶게 하는
설렘이 있었습니다

가을이 거기에 있었습니다

갈바람에 떨어지는 노란 은행잎들 속에
우리의 꿈과 같은
사랑 이야기가 있었습니다

호반에는

가을을 떠나보내는 진혼곡이 울리고
헤어짐을 아쉬워하는
가을 이야기가 있었습니다

한 잔의 커피와 같은
삶의 이야기

가을이 거기에 있었습니다
- 「가을 이야기」

올가을에는 삶 속에서 가장 감동이 넘치는 가을을 만들고 싶다. 마음의 창고에 두고 보아도 감동이 넘치는 가을을 만들고 싶다. 사랑이 넘치고 낭만이 넘치는 가을을 만들고 싶다. 가을이 오고 있다. 가을이 오는 거리로 뚜벅뚜벅 걸어가야겠다.

가을이 오면
가을빛 사랑을 하고 싶습니다

가을비에 젖어
가을 색으로 물든
가을 사랑을 하고 싶습니다

사랑하다는 말은 없었어도
좋아한 사람
좋아한다는 말은 없었어도

사랑한 사람

그리움은
그리움일 때가
더욱 아름답습니다

가을이 오면
내 마음은 진실을 말하고 싶어집니다

가을이 오면
가을빛 사랑을 하고 싶어집니다
　　　－「가을이 오면」

　가을에는 열매가 주는 기쁨이 온 세상에 가득하다. 산과 들과 거리 어디에나 온갖 과일과 열매가 풍성하다. 햇살 좋은 여름날 하늘과 땅과 마음껏 놀며 자란 과일들이 색깔별로 독특한 매력을 발산한다. 햇살 가득한 탐스런 과일들을 바라보면 눈과 마음이 황홀해진다. 열매들은 자기의 얼굴을 또렷이 보여주며 속마음을 표현한다. 사과나무, 배나무, 감나무는 열매로 사랑을 표현하고 있다. 과일들이 부드럽고 고운 손길들이 다가오기를 기다리고 있다. 온갖 열매들이 등장하는 가을에는 온 세상이 풍성하고 행복해 보인다. 가을에 들판에 홀로 서 있는 감나무를 바라보면 문득 이런 생각이 든다. '누구를 기다리고 있기에 온몸에 등불을 켜놓고 서 있을까?' 가을에 바라보는 감나무는 가슴속에 오래도록 남을 스냅사진 한 장이 된다.
　큰 감나무가 되어 열매를 많이 맺으려면 감 씨를 땅에 심어야 한다.

나무들은 어떻게 하면 보기 좋고 먹음직한 열매가 주렁주렁 열릴까 하는 생각으로 가을을 기다려왔다. 봄날 꽃이 핀 사연이 다르듯이 열매도 각기 다르다. 꽃잎의 화려함에서 떠나 찾아온 진실이 열매다. 추위를 이겨내고 비바람, 폭풍우를 이겨내야 열매가 열린다. 늦가을에 감나무를 보면 열매만 남겨놓고 잎은 모두 떠나버린다. 감나무가 자신의 삶을 돋보이게 하고 싶은 모양이다. 열매 하나 없는 인생은 초라할 뿐이다.

롤로 메이는 "사랑이란 타인의 존재에서 기쁨을 느끼는 것이며, 자기 자신의 것만큼 그 사람의 가치와 성장을 인정하는 것이다"라고 말했다. 온갖 과일이 기쁨을 선물하듯이 삶이란 나무에 열매가 주렁주렁 열리게 해야 한다. 열정을 다하여 살아온 날들이 열매가 되어 주렁주렁 열린다면 보람이 넘칠 것이다. 무한 경쟁 시대에 살아남을 수 있는 방법은 열린 경쟁을 이겨내는 것이다. 모든 나무가 열매를 맺지는 않는다. 모든 일에 최선을 다할 때 열매를 선물 받을 수 있을 것이다.

가을이 지나고 연말이 가까워오면 이곳저곳에서 송년회가 열린다. 지나가는 세월이 아쉬운 듯 사람들은 친구를 만난다. 다정하고 정겨운 친구가 있다는 것은 인생을 맛깔나게 만들고 삶에 재미를 더해준다. 인디언 속담에 "친구란 내 슬픔을 등에 지고 가는 자"라는 말이 있다. 진정한 친구란 생사고락을 함께할 수 있는 사람이다. 필요할 때만 찾는 것은 친구가 아니다. 그래서 한 해를 보내기 전에 친구들과 오래간만에 만나 지나온 삶을 이야기하고 추억하고 내일을 계획한다.

친구 중에는 만나면 정말 좋고 문득 생각이 나면 달려가서 만나고 싶은 친구가 있다. 'friend(친구)'의 어원은 'free(자유)'라고 한다. 친구란 우리에게 쉴 만한 공간과 자유로움을 허락하는 사람이다. 친구가 없다면 세상살이가 얼마나 외롭고 쓸쓸하겠는가. 언젠가 진주에서 강의를 마치고 식당에 들어갔는데 벽에 이런 말이 써 있었다. "우정도 산길과 같아서 서로 오가지 않으면 잡풀만 무성해진다." 가까운 친구일수록 자주 만나야 한다. 서로 격의 없이 친해지려면 자주 만나야 한다. 아무리 좋았던 사이라도 자주 만나지 못하면 서먹서먹해질 수밖에 없다.

친구에는 세 종류가 있다고 한다. 첫째, 빵 같은 친구. 만나면 좋고 항상 그리운 친구를 말한다. 둘째, 약 같은 친구. 어려운 일이나 힘든 일이 있을 때 앞장서서 도와주는 의리 있는 친구를 말한다. 셋째, 질병 같은 친구. 늘 돈만 빌려달라고 하고, 밥 한 번 안 사면서 항상 귀찮게 하는 친구를 말한다. 우리는 과연 어떤 친구일까? 빵이나 약 같은 친구가 되어야 나이가 들어갈수록 우정도 깊어지고 동행하는 기쁨도 커질 것이다.

친구야!
연락 좀 하고 살게나
산다는 게 무언가
서로 안부나 묻고 사세

자네는 만나면
늘 내 생각 하며 산다지만
생각하는 사람이
소식 한 번 없나

일 년에 몇 차례 스쳐 가는
비바람만큼이나
생각날지 모르지

언제나
내가 먼저 소식을 전하는 걸 보면
나는 온통
그리움뿐인가 보네

덧없는 세월 흘러가기 전에
만나나 보고 사세

무엇이 그리도 바쁜가
자네나 나나 마음먹으면
세월도 마다하고 만날 수 있지

삶이란 태어나서
수많은 사람 중에
몇 사람 만나
인사 정도 나누다 가는 것인데

자주 만나야 정도 들지
자주 만나야 사랑도 하지
− 「친구야」

−겨울, 설국의 축제

지금은 일산에 살고 있지만 그전에 서울에서 50년을 넘게 살았다.
어린 시절은 노량진에서 보냈다. 당시에는 서울이라 해도 우마차가 다니니 시골과 같은 풍경을 만날 수 있었다. 노량진은 한강이 가까워서 좋았다. 여름이면 목욕을 하고 강변에서 조개를 잡고, 겨울이면 스케이트 시합이 열리는 것을 보았다. 그 어려웠던 시절 강변에서 강냉이 죽을 끓여서 배급하면 줄을 서서 타 먹던 생각이 난다. 지금은 참으로 풍요로운 생활을 하고 있는 것이다. 그래서 지나간 시절이 아련한 추억으로 남는다.

요즘은 서울이 그다지 춥지 않지만 예전에는 너무나 추웠다. 아침에 일어나 문고리를 잡으면 고리가 얼어 있었다. 펑펑 눈이 내리고 찬 바람이 세차게 불어오는 겨울이 오면 어머니가 더욱 생각난다. 어린 시절 어머니가 털실로 짜주신 벙어리장갑을 끼고 다녔다. 항상 배고팠던 그 시절에는 학교에 갔다 오면 어머니가 웃는 얼굴로 "아이고! 예쁜 내 새끼 꽁꽁 얼었구나! 얼른 방 안으로 들어오너라!"라며 반갑게 맞아주셨다. 꽁꽁 언 얼굴을 따뜻하고 푸근한 어머니의 손으로 만져주시고 아랫목 이불 속으로 폭 들어가도록 해주셨다. 장작을 때서 따뜻하게 덥혀진 아랫목은 어머니의 사랑처럼 포근해 잠이 솔솔 쏟아졌다. 아랫목에서 한잠을 자고 나면 땀이 흐를 정도로 온몸이 나긋나긋해졌다.

어린 시절에는 무엇이 그리도 궁금한 게 많았는지 창호지 문은 언제나 구멍이 숭숭 뚫려 있었다. 문밖에서 인기척만 나도 바로 구멍을 뚫고 내다보았다. 그럴 때 "아니, 또 뚫었냐? 뭐가 그리도 궁금한 것이 많냐?" 하시면서 화도 잘 안 내시고 웃으시던 어머니 모습이 생각난다. 찬 바람이 불어오면 어머니는 책갈피에 넣어두었던 단풍 든 나뭇잎과 꽃으로, 뚫어진 창문을 다시 예쁘게 붙여놓으셨다. 창호지 문은 예술 작품이 되었다. 어머니의 영향을 받아 내가 시인이 되었나 보다.

겨울에는 밤이 길어서인지 늘 먹고 싶은 것이 많았다. 어머니가 가마솥에 쪄주시는 고구마는 별미 중의 별미였다. 얼음이 동동 뜬 동치미 국물을 후루룩 마시며 퍼퍽한 밤고구마를 한입 크게 베어 먹으면 맛이 최고였다. 고구마를 먹으면 방귀는 왜 그렇게 자주 나오는지, 식구들이 코를 잡고 도망치며 웃던 생각이 난다. 어쩌다 귀한 알밤이 생기면 화롯불에 구워 먹었다. 몇 개 되지 않아서 그런지 그 한두 알이 얼마나 맛있던지, 지금도 생각하면 입안에 침이 고인다. 밤에 출출해질 때면 어머니가 부쳐주시는 김치전은 정말 환상적인 맛이었다.

어린 시절에는 옷이 별로 없어 한겨울 내내 하나의 내복으로 버티고 봄이 되어서야 벗었다. 교복도 물론이다. 그래도 그 시절에는 불평 한마디 하지 않았다. 어머니가 해주시면 무엇이든지 고맙게 받아들이고 어머니가 하라고 하시는 대로 살았다. 나는 삼 형제 중에 셋째라 늘 형들이 입던 옷을 입어야 했지만 성격 탓인지 별로 투정을 부리지 않았다. 겨울밤에는 다른 형제들이 심부름 가기를 싫어해 주로 내가 갔다. 하루는 아버지가 드실 막걸리를 사러 양조장에 갔다. 집에서 양조장은 거리가 멀어 큰 주전자에 막걸리를 담아 들고 오려니 심심하기도 하고 목도 말랐다. 그래서 한 모금 한 모금씩 먹는다는 게 집에 올쯤에는 취기가 올라 얼굴이 불콰해졌다. 내 얼굴을 본 어머니는 모든 걸 다 파악하셨지만 "아니, 오늘은 막걸리가 왜 그렇게 적으냐?" 하시고는 "아이고, 내 새끼! 수고했다. 날씨가 추워서 얼굴이 벌게졌구나. 어서 가서 자라!" 하시면서 엉덩이를 두들겨주셨다. 지금 생각하면 어머니의 마음은 이 세상에서 가장 넓은 마음이었다.

물이 귀하던 그 시절, 한겨울에도 어머니는 빨랫감을 들고 한강 가에 갔다. 얼음을 깨고 동네 아주머니들과 이불이며 옷가지들을 빨아 오셔서 빨랫줄에 널어놓으면 빨래가 꽁꽁 얼어 동태가 되고 말았다. 그 힘든 일도 마다하지 않으셨던 어머니는 참 강하신 분이었다.

당시에는 서울이라 해도 인심이 좋았다. 한동네가 한식구처럼 인심

좋게 살았던 그 시절이 참 그립다. 오늘의 시대는 높아지는 빌딩만큼이나 빈부 차이가 나고, 수없이 생겨나는 골목만큼이나 숨어서 살아가는 사람들이 많아지고 있다. 우리의 마음이 따뜻해야 세상도 따뜻해진다. 겨울이 오면 세상이 차갑다는 탓만 하지 말고 우리의 마음부터 곁에 있는 사람과 가족들에게 따뜻하게 대해주어야 한다. 겨울이면 모든 사람의 마음이 더 따뜻해졌으면 좋겠다.

한겨울에 느닷없이
하얀 눈이 펑펑
쏟아지는 것은
참으로 기분 좋은 일이다

눈 오는 날이면
정겨워지고
눈을 맞으며 같은 길을 걷고 싶어
생각나는 사람이 있다.

눈이 내리면
내 마음을 전하고 싶다

눈 오는 날
하얀 눈을 다 맞으면서도
고백하지 않았던
아쉬움이 남아 있다

눈이 내리면
먼 산으로부터
가까운 나무 한 그루까지
설국의 축제를 시작한다

눈은 하늘이 선물한
가장 깨끗하고 순수한 표현이다.
- 「눈 오는 날이면 생각나는 사람」

겨울나무를 보며 기다림을 배운다. 나무는 매서운 바람이 불어와도 언제나 제자리를 지키고 서 있다. 눈보라가 몰아치고 손발이 시려도 모든 손을 하늘로 뻗치고 발은 땅속에 묻은 채 무엇을 기다리고 있는 것일까? 봄이다. 봄! 꽃이 피고 연초록 잎이 새롭게 돋아나는 봄이다. 찬란한 봄을 알기에 추위에도 아랑곳하지 않고 굳건히 견딘다. 혹독한 겨울 뒤에 찾아오는 봄에 찬란하게 꽃을 피운다. 봄이 오면 얼마나 신비스럽고 놀라운 일들이 펼쳐지는가. 꽃들이 잔치를 기다리며 길고 긴 시련과 고통을 견딘다.

삶과 사랑도 기다림에 성공한 사람만이 멋지게 이룬다. 기다림은 인내를 키워주고 자신을 들여다볼 수 있게 해준다. 인생은 기다림 속에 이루어지는 멋진 작품이다. 기다림이 없다면 세상은 어떻게 될까? 상상해보라. 엉망진창이 되고 말 것이다. 기다림은 마음에 여유를 준다. 삶을 되돌아보고 남을 이해하는 힘을 길러준다. 기다림이 있기에 인내하며 산다.

콧등 시리게 하고

언 손을 호호 불게 하던
엄동설한의 한겨울 추위가
엷어질 무렵이면

꼬마 아이들은
양지바른 곳에 앉아 놀다가
꾸벅잠에 빠져든다

매서운 한겨울 추울 땐
이불 속으로 자꾸만 들어가고 싶었는데
온몸에 스며드는 햇살이
어미의 젖가슴만큼이나 포근해
저도 모르는 사이에
꿈길로 들어서고 있다
- 「꾸벅잠」

우리나라 음식은 세계 어느 곳에 내놓아도 손색이 없다. 바다와 산
이 있고 들판이 있고 강이 흘러서인지 갖가지 식재료가 다양하다. 온
갖 나물, 다양한 김치가 맛이 참 좋다. 비 오는 날 먹는 빈대떡은 특히
맛있다. 묵은 된장에 독 오른 고추를 찍어 아삭아삭 씹어 먹으면 입안
에 매운맛이 확 돌고 눈물이 핑 돌면서 침이 고인다. 청국장에 밥을 쓱
쓱 비벼 먹으면 싸한 신토불이 진한 맛이 입안에 가득하다. 거기에 총
각김치 한 줄기 한입 크게 아작아작 베어 넘기면 기분이 확 좋아진다.
그런 걸 보면 역시 난 토종이다.
　한겨울의 명물은 호떡과 찐빵과 군고구마다. 발을 동동 구르고 손을

비벼대도록 매섭고 차가운 한겨울, 방금 구워낸 군고구마 껍질을 살살 벗겨내어 먹는 맛이란 정말 끝내준다. "앗 뜨거워"와 "정말 맛있다"라는 말이 입에서 절로 쏟아져 나온다. 한 입씩 한 입씩 먹으면 추위가 달아나도록 입안 가득히 뜨거운 맛이 퍼진다. 군고구마는 혼자 먹을 때보다 가족들과 함께 먹을 때가 더욱 맛있다. 뜨거운 호떡은 생각만 해도 군침이 돈다. 여름에 먹는 냉면도 맛있지만 겨울에 먹는 물냉면도 참 맛있다. 어린 시절 어머니가 해주시는 음식은 언제나 맛깔났다. 요리를 잘하는 아내와 사는 것도 복 중의 복이다. 음식이 다양한 나라에 태어난 것도 감사한 일이다.

한겨울에 어머니가 담가
땅에 묻어놓았던 항아리에서 막 퍼 온
시원한 동치미 국물을 마셔본 사람은
어머니의 사랑을 잊지 못할 것입니다

입안에서 녹는 얼음 알갱이와
와삭 깨물어 먹는
하얀 무 속살 맛이 그만입니다

동치미 국물이
목구멍에 넘어가며
싸하게 쏘는 시원한 맛에
겨울이 기다려지고 즐겁습니다

어린 시절

한겨울 동치미 국물 냄새가 나는
엄마 품이 좋았습니다

─「동치미」

겨울에 함박눈이 내리면 나무에는 눈꽃이 피어난다. 눈꽃은 소리
없이 내리는 하얀 눈송이들의 작품이며, 하얀색이 만드는 아름다움의
극치다. 하얀색 꽃들이 온 세상을 온통 천국으로 만든다. 사랑의 연가
를 부르듯 춤추며 내리는 눈이 사람들을 거리로 불러낸다. 눈 오는 날
은 기다려진다. 눈이 내리면 왠지 행복이 찾아올 것만 같다. 그리운
사람을 만날 것만 같다. 첫눈이 내리는 날이면 첫사랑이 생각난다. 첫
눈이 내리는 날 만나기로 한 사람을 그리워하는 사람도 있다. 첫눈은
누구에게나 행복을 선물한다. 하얀 눈이 내리는 날 거리를 걸으면 왠
지 발걸음도 가벼워지고 세상에서 가장 행복한 사람이 된다. 하얀 눈
이 내리는 날 기차를 타고 여행을 떠나면 한층 더 운치가 있다. 즐거
운 여행에서 돌아오면 따뜻한 아랫목의 뜨끈한 군고구마와 김치가 그
리워진다.

새벽 공기가
코끝을 싸늘하게 만든다

달리는 열차의
창밖으로 바라보이는 들판은
밤새 내린 서리에
감기가 들었는지
내 몸까지 들썩거린다

229

스쳐 지나가는 어느 마을
어느 집 감나무 가지 끝에는
감 하나 남아 오들오들 떨고 있다

갑자기 함박눈이
펑펑 쏟아져 내린다

삶 속에서 떠나는 여행
한 잔의 커피를 마시며
홀로 느껴보는 즐거움이
온몸을 적셔온다

 -「겨울 여행」

12

하나의 문이 닫히면
새로운 문이 열리는 법

시를 쓴다는 것은 시인의 꿈을 이루는 것이다. 시를 쓰고 시집을 발간하는 기쁨은 시인만이 안다. 고통 속에서도 가슴에서 솟아나는 기쁨은 대단하다. 시인들은 누구나 자신의 시가 수많은 사람에게 읽히기를 바란다. 이창건 시인은 "글을 쓴다는 것은 내가 생각하고 느낀 점을 다른 사람에게 분명하게 전달하여 나의 생각이나 느낌을 정확하게 이해하도록 하려는 데 그 첫째 이유가 있다"라고 했다. 시인은 시를 통해 자신의 삶을 표현하여 독자들과 공감하고 공유하고 감동해야 한다. 살아 있는 모든 것은 열매를 맺지 못하거나 종족 번식을 못 하면 생의 의미가 사라진다. 시인도 시를 써야 존재의 이유가 있다.

시를 쓰려면 많이 읽고, 많이 생각해야 한다. 시인이 되려는 꿈이 있다면 실행에 옮겨야 한다. 꿈이란 바라는 것이다. 우리는 고난과 역경을 이겨내면서 성장한다. 힘든 노력 없이 획득한 성공은 아무런 가치가 없다. 역경이 없으면 성공도 없다. 목표가 없는 삶은 아무런 결과를 얻지 못한다. 자신 안에 있는 잠든 거인을 깨우듯 자신의 능력을 깨워 시를 써야 한다. 시는 읽고 감상하는 사람들에게 설득력 있게 다가가야 한다. 시를 읽는 독자들의 마음이 자연스럽게 열리도록 공감을 불러일으켜야 한다. 시인이 열정과 노력과 땀과 눈물을 쏟아낸다면 공감을 불러일으킬 수 있을 것이다. 누구나 시를 통해 자신의 삶과 시대를 표현할 수 있다.

시인들은 자신의 온 영혼을 다해 시를 쓴다. 시인은 시 속에 자신의 예술혼과 끼를 마음껏 펼쳐야 한다. 시인은 자연의 소리를 귀담아들어야 한다. 시대의 아픔과 이웃의 아픔을 공감하고 표현해야 한다. 이 시대에 깨어 있는 자가 되어야 한다. 치열한 경쟁 사회 속에서 시대와 동떨어진 사고와 행동을 한다면 살아남지 못한다. 암호와 같은 시를 쓴다면 독자들에게 외면당한다.

김시철 시인은 "나는 평소 가슴이 살아 있는 시를 써야 좋은 시가 된다고 생각하는 사람이다. 그런데 요즘 우리 시단에는 가슴이 죽어 있는 시들이 너무 많이 범람하고 있어서 시가 오히려 가슴앓이를 하고 있는 듯한 느낌이다. 그러니 좋은 시 만나기가 점점 어려워져서, 시에 대한 사랑이 옛날 같지 않아서 안타깝다. 가슴이 살아 있는 시, 그렇다. 시는 입으로 쓰지 않고 붓끝으로 쓰지 않는, 이를테면 가슴으로 써야 한다. 그래야만 읽는 이도 가슴으로 받아들일 게 아니겠는가"라고 말했다.

시인이 자기만의 독백 혹은 자기도 알 수 없는 시를 쓴다면 아무리 애를 써도 헛수고에 지나지 않는다. 시는 단어를 나열하는 것이 아니라 표현하는 것이다. 시는 배워서 쓰는 것이 아니라 머리로 생각하고 가슴속에서 터져 나와서 쓰는 것이다. 시는 자연스럽게 살아 움직여서 살아 있는 시인의 목소리가 되어야 한다. 산속의 샘이 터져서 계곡으로 흘러 시냇물도 되고 강물도 되고 흘러서 바다에 도달한다. 시인도 날마다 성숙하고 성장해서 시의 바다로 흘러가야 한다.

시인은 늘 시를 쓰는 꿈을 가지고 살아간다. 사람들은 꿈을 말할 수 있으므로 행복하다. 꿈을 이룰 수 있으므로 노력한다. 꿈이 있기에 활기차게 살아간다. 꿈을 내 품에 안기 위해 최선을 다한다. 꿈을 성취하는 기쁨을 알기에 도전한다. 시인은 꿈을 갖고 이루기 위해 시를 쓴다. 꿈을 영글게 하기 위해 시를 쓴다면 이 얼마나 행복한 삶인가. 시를 쓰고 싶은 꿈이 있다면 지금 시작해라.

여름날 소낙비가 시원스레 쏟아질 때면
온 세상이 새롭게 씻어지고
내 마음까지 깨끗이 씻어지는 것만 같아
기분이 상쾌해져 행복합니다

어린 시절 소낙비가 쏟아져 내리는 날이면
그 비를 맞는 재미가 있어
속옷이 다 젖도록 그 비를 온몸으로 맞으며
집으로 돌아왔습니다

흠뻑 젖어드는 기쁨이 있었기에
온몸으로 온몸으로
다 받아들이고 싶었습니다
나이가 들어 소낙비를 어린 날처럼
온몸으로 다 맞을 수는 없지만
나의 삶을 소낙비 쏟아지듯 살고 싶습니다

신이 나도록
멋있게 열정적으로
후회 없이 소낙비 시원스레 쏟아지듯 살면
황혼까지도 붉게 붉게 아름답게 물들 것입니다
사랑도 그렇게 하고 싶습니다

- 「소낙비 쏟아지듯 살고 싶다」

이 세상에 영원히 남을 시인도 영원히 읽힐 시도 없다. 결국에 다 사라지고 잊힌다. 그것이 바로 순리고 당연한 이치다. 시인은 그 시대 그 시대를 살아가며 시를 쓰는 기쁨과 감동을 누려야 한다. 누가 뭐라 해도 시인은 시를 쓰는 기쁨으로 살아야 한다. 시인은 늘 성실하게 살아야 한다. 일생을 두고 항상 최선을 다해야 한다. 성실하게 사는 사람이 많아야 살기 좋은 세상이 된다. 자기 분야에서 일평생 연구하고, 책을 쓰고, 강연할 수 있는 사람들이 많아야 한다. 자기 분야에서 전문성을 살려서 일할 수 있는 사람들이 많아야 나라가 발전한다. 성실함은 자신에게나 주변 사람들에게 모범이 되는 태도다. 성실은 마음껏 자랑해도 좋은 삶의 재산이다. 성실한 사람은 매사에 최선을 다하는 기쁨으로 산다. 부족하면 채우고 나약하면 강해지려고 노력한다. 자신의 일을 즐기고 좋아한다. 성실한 사람은 역경과 한계가 다가올 때 머뭇거리지 않고 지혜롭게 잘 극복한다. 큰 기회는 대체로 성실하게 일한 후에 찾아오는 법이다. 성실하게 살아가면 늘 긍정적인 결과가 뒤따른다. 자기가 원하던 목표가 이루어질 때까지 꾸준히 노력해야 한다. 분명한 목표 의식과 열정을 가지고 성실성을 발휘한다면 성취감을 맛볼 기회가 찾아올 것이다.

시인이 되는 지름길은 없다. 씨앗이 하루아침에 거목이 되지는 않는다. 시인은 누가 가르치고 고쳐주어서 되는 것이 아니다. 시를 쓰려는 열정의 불을 지펴야 한다. 온 마음과 온 영혼을 다해서 시를 쓰고 노래해야 한다. 존 슬로보다는 "뛰어난 성과를 이룬 사람들에게 지름길이 있다는 증거를 찾지 못했다"라고 말했다. 인생에 지름길은 없다. 삶의 계단을 한 계단 한 계단 성실히 올라간 사람들은 언제나 자기 위치에서 흔들림이 없다. 성실하게 사는 길이 바로 지름길이다. 주변에 보면 성실하게 사는 사람들은 그들 나름대로 행복을 누리며 산다. 때로는 소박하지만 정겹고 아름답게 살아간다. 시인이 되고자 한다면 성실하게 시를 써나가면 된다. 시인은 폭넓고 다양한 소재로 시를 써야 한다. 시인은 자신의 시에 대해 주변 몇 사람의 달콤한 칭찬에만 빠져 있으면 안 된다. 어떤 평가도 감수하며 시를 써야 한다. 주변 사람들은 대부분 칭찬으로 일관할 때가 많다. 독자들의 시선이 가장 중요하다. 독자들은 진실을 말한다.

내 마음에 그리움이라는
정거장이 있습니다

그대를 본 순간부터
그대를 만난 날부터
마음엔 온통 보고픔이 돋아납니다
나는 늘 기다림으로 살고 있습니다

그리움이라는 정거장에
세워진 팻말에는
그대의 얼굴이 그려져 있고
'보고 싶다'는 말이 적혀 있습니다

그대가 내 마음의 정거장에 내릴 때면
온통 그리움으로 발돋움하며
서성이던 날들은 사라지고
그대가 내 마음을 환하게 밝혀줄 것입니다

내 눈앞에 서 있는

그대의 웃는 모습을 바라보며

어린아이처럼 좋아할 것입니다

그대를 기다림이 나는 즐겁습니다

　－「내 마음에 그리움이라는 정거장이 있습니다」

올리버 웬들 홈스는 "사람들은 대부분 자신의 노래를 자기 안에 간직한 채 무덤으로 간다"라고 말했다. 시인은 시를 세상에 발표해야 한다. 삶에 위기가 찾아올 때 기회도 찾아온다. 가정에 성실하면 가족이 화목해진다. 자신의 일에 성실하면 인정을 받는다. 에디슨은 한 잡지 기자에게 "매일매일 한눈을 팔지 않고 한 가지 목적을 위해 일한다면 반드시 성공의 면류관을 차지할 수 있을 것이다"라고 말했다. 성실은 삶을 살아가는 데 가장 중요한 도구다. 성실하지 않으면 항상 문제가 생긴다. 성실하지 않으면 삶의 가치가 떨어지고 보람을 느낄 수가 없다. 브라이언 트레이시는 "최선의 가치들과 일치하는 삶을 위해 스스로를 제어하면 제어할수록 성실성은 커진다. 그리고 성실할수록 하는 모든 일에서 더 큰 행복과 더 큰 힘을 느낄 것이다"라고 말했다.

시인의 삶도 변화해야 한다. 오늘의 시대는 변화를 원하고 있다. 변화의 바람이 거세게 몰아친다. "변화하지 않으면 살아남지 못한다"라는 소리가 도처에서 터져 나온다. 변화하려면 시시때때로 막다른 벽에 부딪히게 된다. 절망하고 낙심하게 된다. 린더스트는 말했다. "고난은 뛰어넘기 위해서 존재하는 것이다. 그러므로 당장 고난에 맞붙어서 싸워라. 일단 싸우다 보면 그것을 극복할 수 있는 방법을 찾게 될 것이다. 몇 번이고 고난과 씨름하는 가운데 힘과 용기가 용솟음치게 된다. 그리하여 자신도 모르게 정신과 인격이 완벽하게 단련되는 것을 느끼게 되리라." 할 수 없다는 절망을 극복하고 배우고 실천해나가야 한다. 하나의 절망을 극복하면 다른 절망도 쉽게 극복할 수 있는 힘이 생긴다. 영화 〈사운드 오브 뮤직〉에 이런 대사가 나온다. "하나의 문이 닫히면 새로운 문이 열린다." 성공한 사람 중에 뼈저린 고통과 절망으로 통한의 눈물을 흘려보지 않은 사람은 없다.

시간은 묶어두거나 붙잡아둘 수 없다. 그 누구도 세월의 흐름을 막을 수는 없다. 시가 어느 날 한순간에 완성됐다고 해도 그것은 시인이 살아온 만큼의 삶이 쏟아져 내린 것이다. 시에는 시인의 일생이 농축되어 있다. 시인은 자신의 삶으로 시를 쓴다.

희망을 이야기하면
사람들의 얼굴은
환하고 밝게 빛난다

마음이 열리고
힘이 샘솟고 용기가 생겨서
모든 일에 최선을 다하고
내일을 향해
새로운 도전을 하고 싶어 한다

어제보다 오늘을
오늘보다 내일에 펼쳐질 일들을
기대하며 살아간다

땀 흘리는 기쁨을 알고

어떠한 고통도 두려움도 없이
기도하며 이겨내고
서로를 신뢰해주며 사랑을 나눌 수 있는
마음에 여유로움이 있다

희망을 이야기하면
사람들의 눈빛이 빛을 발한다

머뭇거림과 서성거림이 사라지고
리듬감과 생동감 속에 유머를 만들며
열정을 다 쏟아가며
뜨겁게 살기를 원한다

－「희망을 이야기하면」

　시인은 시를 통해 희망을 전달해야 한다. 희망은 삶에서 피어나는 꽃이다. 희망이 가득 찬 얼굴은 이 순간도 꿈꾸고 사랑하고 있다. 희망이 있으면 얼굴은 빛나고 웃음이 나온다. 예술가라면 완성된 작품을 미리 상상하며 작품을 만들어간다. 질곡의 세월 속에서도 희망은 있다. 벼랑 끝에서도 살아날 수 있는 길은 있다. 시인은 언어를 통해 희망을 노래하고 아픔을 가슴에 안아야 한다.
　시인에겐 나이만큼 인생 경험도 중요하다. 신동집 시인은 "무릇 시인이 자기의 문체를 완성하기에는 적어도 50~60세가 넘어야 한다고 생각한 적이 한두 번이 아니다. 지금도 그 생각에는 변함이 없다"라고 말한다. 시인들도 젊은 시절에는 새로운 변화를 다양하게 시도하고자 한다. 그때마다 희망을 갖지만 수시로 절망하게 하는 일들이 찾아온다. 그럴 때 소극적인 생각과 행동을 하면 절망은 마음에 둥지를 틀려고 할 것이다. 어려움을 당하면 당할수록 '나는 이겨낼 수 있다'라는 강하고 담대한 마음을 가져야 한다. 시인은 일생 청춘을 노래하고, 사랑을 노래하고, 결국에는 죽음을 노래하다 사라진다. 시인들이 똑같은 것을 보더라도 시인에 따라 감각이 다르기에 표현하는 것도 각기 다르다. 그래서 시는 다양하게 써진다.

나 자신부터 변화하지 않으면 그 어떤 것도 변할 수 없다. 변화를 원한다면 100%의 열정을 쏟아야 한다. 시인들도 무참하게 짓밟히고 처참하게 고통당할 때가 있다. 혹독한 비판에 시달릴 수도 있다. 세상은 참으로 냉정하고 잔혹하다. 그러나 고통과 절망 속에서 인생의 가치와 겸허함을 배우는 법이다. 최악의 상황에서도 배움의 끈을 놓지 말아야 한다. 시인은 방랑자라고 할 수 있다. 삶과 자연과 생활 속에서 시를 찾아 어슬렁거리며 시를 낚아채야 할 순간을 기다리는 방랑자다. 시인은 시를 써야 한다. 목숨이 살아 있는 날 동안 살아가는 이야기를 시로 써야 한다.

시인은 삶에 매듭을 질 줄 알아야 한다. 시에 매듭을 져야 한다. 매듭은 다짐이다. 삶에 질곡이 가득할 때, 절망이 가득할 때, 슬픔이 가득할 때 고통이 찾아온다. 그럴 때마다 온몸을 구기고 앉아 걱정하지 말고 이를 악물고 매듭 한 번 질끈 동여매야 한다. 시인은 마음이 흔들리지 않고 흐트러지지 않게 꼿꼿한 마음으로 시인의 길을 가야 한다.

독자들은 시인의 생각과 삶의 흔적이 묻어나 있는 인간적인 시를 좋아한다. 각박한 삶 속에서 힘들고 지칠 때, 사랑하고 싶을 때, 위로받고 싶을 때, 함께하며 희망과 빛을 보여주는 시를 원한다. 허영자 시인은 『목마른 꿈으로써』 서문에서 "이 시대에도 시를 사랑하고 시를 찾아 읽는 이들의 귀한 마음은 황야에 핀 꽃과 같은 것이리"라고 말했다. 시를 좋아하고 읽는 사람들은 같은 시일지라도 읽을 때마다 늘 새롭게 느껴지는 시를 원한다. 어떤 아름다움과 사랑도 세월이 흐르면 다 기억 저편으로 사라지고 만다. 지우지 않으려 해도 지워지고 마는 삶, 잊지 않으려 해도 결국에는 잊히는 삶, 살아 있는 날 동안 그날그날 보고 느끼고 체험하고 사랑한 것들을 시로, 한 편이라도 더 남기고 싶다.

시에는 살아 있는 울림이 있어야 한다. 사람을 감동시키는 시는 복잡다단한 시가 아니라 아주 단순한 시다. 시는 한두 사람에 의해 평가되고 사라지는 것이 아니라 수많은 사람이 읽고 좋아하고 널리 퍼져나가야 한다. 시인이 아니더라도 누구나 가끔씩 마음의 서랍을 열어 시한 편을 써보는 것도 좋을 것이다. 시는 시인의 생명줄이다. 시인의 삶은 시로써 꽃피워야 한다. 못다 핀 꽃송이는 너무나 처절하다. 시인은 언어라는 물감으로 시라는 그림을 그린다. 시의 세계는 넓고 넓다. 시를 통해 생각을 나누고 사랑과 희망을 나누고 싶다. 새가 나무 위에 둥지를 틀듯, 언어 속에 시의 둥지를 틀어야 한다. 나는 부족한 사람이다. 하지만 항상 가까이해주는 독자들이 있어 고맙고 감사하다. 늘 독자들에게 빚을 지고 산다. 생명이 다하는 날까지 시로 보답할 것이다. 나는 오늘도 시를 쓴다.

모든 일에 최선을 다하는
당신은 아름답습니다

언제나 웃으며 친절하게 대하는
당신은 아름답습니다

베풀 줄 아는 마음을 가진

당신은 아름답습니다

아픔을 감싸주는 사랑이 있는
당신은 아름답습니다

병든 자를 따뜻하게 보살피는
당신은 아름답습니다

늘 겸손하게 섬길 줄 아는
당신은 아름답습니다

작은 약속도 지키는
당신은 아름답습니다

분주한 삶 속에서도 여유가 있는
당신은 아름답습니다
- 「당신은 아름답습니다」

243